दास्तान-ए-दोस्ती

FANATIXX PUBLICATION
ISO 9001:2015 CERTIFIED

डॉ. मुख़्तार अहमद अन्सारी वारीशा ए. फैज़ी

FanatiXx Publication

AM/56, Basanti Colony, Rourkela 769012, Odisha

ISO 9001:2015 CERTIFIED

Website: www.fanatixx.in

"दास्तान -ए- दोस्ती"

By: डॉ. मुख़्तार अहमद अन्सारी एवं वारीशा ए. फैज़ी

ISBN: 978-93-89106-78-7

Anthology of Hindi Write-ups 1st Edition

Book Formatting: Saizal Gupta | **Cover Design:** Sagar Samal

डॉ. मुख़्तार अहमद अन्सारी वारीशा ए. फ़ैज़ी

संपादक

डॉ. मुख़्तार अहमद अन्सारी

एवं

वारीशा ए. फैज़ी

अस्वीकरण

हमने अपनी तरफ से पूरी कोशिश की है कि, इस संकलन में कोई चोरी जैसी अनुचित घटना इस श्रृंखला के लेखकों द्वारा दिए गए लेख में ना हो। परंतु हमारे जांच के बावजूद ,अगर कोई लेखक के लेख में साहित्यिक चोरी पायी जाती है तो इसके लिए हम जिम्मेदार नहीं हैं। हमने अपने लेखकों से उनके स्वरचित एवं अप्रकाशित लेख का ही योगदान मांगा था। हमारी संकलन का नाम **"दास्तान-ए-दोस्ती"** किसी भी अन्य संकलन की कॉपीराइट में बाधा डालने के योग्य नहीं है।

-संपादक

प्रस्तावना

हम दोनों लेखक मुखतार अहमद अंसारी और वरीशा.ए.फैजी बहोत ज्यादा हर्षीत हैं अपनी इस कामयाबी पर। इतना बड़ा काम करना संभव नहीं था मगर अल्लाह की मेहरबानी और सबके सहयोग ने इस मुश्किल को मुमकीन बना दिया। हम एक एक करके सबका धन्यवाद कहना चाहेंगे।

सर्वप्रथम हम अल्लाह/ईश्वर के लाख-लाख शुक्रगुज़ार है कि जिसकी रहमतो की वजह से मुमकीन हो सका उसके नज़रे-करम के बिना हम कुछ भी नही।

उसने हमें समय ,समझ और काबिलियत तीनों एक साथ दिया और हमने एक ऐसा मंच (**बज़्म-ए-यार**) बनाया जिसमें हम क़ाबिल उत्सुक लोग जिज्ञासु लेखक कवि रचनाकार और आम लोगों की जज्बातों शायरी कहानी लेख और आइडिया को एक नए ढंग एक नए तरीके से उसे संपादन करना चाहा।

यह हमारा पहला संग्रह है जिसका नाम **दास्तान -ए- दोस्ती** है जिसमें अलग-अलग कवि अपने ख़्यालात को इजहार करते हैं दोस्ती पर सबके विचार प्रेरणादाई हैं, एक नई सोच प्रदान

करने वाले हैं और मनोरंजक भी है और हमारी यह किताब समाज में एक अलग पहचान एंव अलग रूप से सामने आएगी।

हमने दोस्ती का विषय इसलिए चुना क्योंकि दोस्त ही जिंदगी के हर पल हमें ऐसा सहारा प्रदान करता है यह दूसरा कोई रिश्ता नहीं कर सकता। हर रिश्ते में दोस्ती नहीं पाई जाती, मगर दोस्ती में हर एक रिश्ता पाया जाता है। हमने अलग-अलग लेखकों कवियों रचनाकारों और हमारा अपना लेख दोस्ती के ऊपर दोस्तों के लिए एक अलग ढंग से प्रस्तुत किया है।। ताकि समाज में दोस्ती का और बढ़ावा हो अब सच्ची और अच्छी दोस्ती हर तरफ रहे...

दोस्ती की एक अनोखी पहचान बने।

दोस्ती हर एक केलिए उस की शान बने।

हमे सिर्फ इतना बताना है दोस्ती से कि

दोस्ती मे रहकर हर शख्स इंसान बने।

हमने अपनी किताब में केवल उन कवियों लेखकों और रचनाकारों की रचना को स्वीकृत किया है जिसमें सकारात्मकता हो इसमें कोई सीख हो कोई सबक हो ताकि देश में दुनिया में दोस्ती के साथ और मजबूत रिश्ता और बंधन बन जाए हम अपने सभी लेखकों एवं फेनेटिक्स पब्लिकेशन को दिल से धन्यवाद कहते हैं जिनकी मेहनत से हम अपनी प्रथम संग्रह प्रकाशित कर पाए।

हम अकेले ही चले थे जानीब-ए-मंजिल

लोग आते गए कारवाँ बढ़ता गया।

हम मयुरी जी को भी धन्यवाद कहना चाहते जिन्होंने जरूरत पड़ने पर हमारी मदद की और आपना योगदान दिया।

हम आपसे यह उम्मीद करते हैं कि हमारा प्रयास लगन कोशिश और किताब आपको पसंद आएगी तथा यह एक नई तब्दीली आपकी जिंदगी में लाएगी और इसको पढ़ने पर आपको खुशगवार लम्हा देगी।

अंत में अपने माता-पिता को धन्यवाद करना चाहते हैं जिनके दुआ से हमको हमारी क़ामयाबी मिली।

धन्यवाद

डॉ. मुख़्तार अहमद अन्सारी

वारीशा ए. फ़ैज़ी

डॉ.मुख़्तार अहमद अन्सारी

डॉक्टर मुख़्तार अहमद अन्सारी एक युवा एवं नवोदित रचनाकार हैं। इनके पिता श्री मोइनुद्दीन अंसारी एवं माता श्रीमती जुलेखा बीवी हैं। इनका संबंध उत्तर प्रदेश के बनारस जिले में छित्तनपुरा, पीली कोठी से है तथा वर्तमान में गाजीपुर में रहते हैं।

शायरी, कविता, ग़ज़ल लिखना, किताबें पढ़ना, घूमना और फोटोग्राफी करना इनका शौक है। इनकी कई रचनाएं विभिन्न हिंदी और अंग्रेजी पुस्तकों में प्रकाशित हो चुकी है, इनकी प्रकाशित रचनाएं "नकली नोट", "अबकी बार", "माई ट्रैवल्स" इत्यादि है। इन की रचना World Largest Anthology "Maples" में भी प्रकाशित हुई हो चुकी है जो की Vajra

World Record से सम्मानित हुई है।

बचपन से ही इनको किताबों से बहुत लगाओ रहा है, इसलिए हमेशा कोई ना कोई किताब या पत्रिका पढ़ते रहते हैं और उस पर अपने विचार शायरी, ग़ज़ल या कविता के रूप में लिखते रहते हैं।

इनकी रचना सामाजिक स्थिति, आसपास के वातावरण, जीवन के तजुर्बे, प्यार, रिश्तों और दुखों से बहुत प्रभावित है। सामाजिक बुराइयों के खिलाफ खुलकर बोलते और लिखते हैं। इनका मकसद अपना और लोगों का जीवन को बेहतर बनाना है और जरूरतमंदों की मदद करना है। इनका सरल व्यक्तित्व और कोमल स्वभाव लोगों को इनकी ओर आकर्षित करता है।

"जो गुजरी है मुझ पर उससे बाखबर कर जाएंगे,
'मुख़्तार' हम राह-ए-खार को शजर कर जाएंगे"

संपर्क :

Instagram:@m_mukhtar0

@bazm_e_yaar0

Facebook: Muhammad Mukhtar Ahmad Banarsi

Twitter: @mukhtaransari01

Email: ms.mukhtaransari786@gmail.com

वरीशा.ए.फैज़ी

वरीशा.ए.फैज़ी एक नवोदीत लेखिका हैं। अभी 16 साल उनकी उम्र है वह क्लास 12 (साइंस) की स्टुडेंट हैं। वह उत्तर प्रदेश के एक छोटे से कस्बे मोहम्मदाबाद मऊ , ऊ.प्र से हैं।

शायरी, गजल,कहानी और कविता लिखना उनका शौक है, वह अपनी यह शौक हर तरह से पुरा करती रहती हैं। वह 5-6 एंथाॅलाजी की को-अथर (co-author)भी रह चूकी हैं। उनकी हिंदी कविता जादुगीरी, दहेज और बेचारा पुरूष, रफ्तार ,बाबा जान और अंग्रेजी में daddy's mermory, I osten crown and trurth अलग अलग अखबार मैगजीन और किताबो मे

छप चुकी है । वह vajra world record ...world largest anthology- "Maples" का भी हिस्सा रह चुकी हैं। वह तारे जमीन पर मैगजीन (TZP mag.) की रेगुलर मेंबर भी हैं।

वरीशा ने पाँच साल की उम्र मे कुरान शरिफ खत्म कर लिया फिर ईकरा स्कुल में अपनी तालीम का आगाज़ किया। क्लास 8 तक पढ़ने के बाद वह हैवेन गार्डन इंगलिश स्कुल(hgeschool.com) मे दाखीला लिया और आजकल वो इसी स्कूल मे पढाई कर रहीं है। उनका ईरादा एक बेहतरीन इंसान और शायर बनाने के साथ साथ एक female sonologist +pathologist बनना है।।
वह अपने से बड़े लोग का एहतराम करती है ,दुसरो की मदद करना, दोस्त के साथ रहना , लोगों से बातें करना और उनके पसंदीदा काम में शुमार होते हैं।।

वरिशा के कलम का सफर तकरीबन दो साल पहले शुरू हुआ था। जब अपने बाबा के अचानक मौत की वजह से टुट कर बिखर चुकी थी तब उनहोने अपने ही जात की खणडहर से पहला शेर लिखा और अब वह दिन ब दिन ऊरूज की तरफ ही बढ़ती जा रहीं है।। इसमें सिर्फ और सिर्फ उनकी अनथक मेहनत हैं, कोशिशें हैं , बड़ों की दुआऐ हैं ,और कुछ नया काम करने के जज्बात ही उन्हें इस काबिल बना रहे हैं।

उनके रचना की सबसे खास बात ये है कि उनकी रचनाओं में प्यार मोहब्बत से दुरी रहती है वह जिवन के खट्टे मिठे तजुर्बे ,आम इंसान के हालात , वीर रस, इंसानीयत, दोस्त , जिंदगी , माँ-बापू, सच और झूठ जैसे टॉपीक पर लिखती हैं।

अपनी सादगी पाकीजगी वफादारी ईमानदारी खुद्दारी और अमानतदारी की वजह से वह मकबूल और मशहूर है।। उनका मिजाज अंदाज और आवाज जमाने से मुखतलीफ है। वरीशा का मानना है मोहब्बत शायरी का हिस्सा है,नाकि शायरी मोहब्बत का! मोहब्बत से शायरी निकाल दे तो मोहब्बत बेबस सी लगती है,, मगर शायरी से उसको निकालने पर भी फर्क नहीं पड़ता शायरी उतनी ही कमाल की होती है।

इंशा अल्लाह आने वाले बेहतरीन दिनों में वह अदबी दुनिया मे अलग मुकाम हासिल करेंगी और एक नई मिसाल कायम करेंगी।। और बेहतरीन इंसान बन कर जमाने को दिखाएंगी।

भाग-1

1. इस संकलन के सभी सदस्यों को समर्पित

दास्तान ए दोस्ती में हर शख्स जुड़ा हुआ है
कोई दोस्ती में डूबा हुआ है
कोई दोस्ती को छुआ हुआ है

इस बज्म में सब ने बयां किया अपना याराना।
एक दोस्त ही है अपना, बेगाना सारा ज़माना।।
यह दोस्ती दोस्ती मुस्कान है पहचान है शान है।
सब ने बयां किया दोस्ती का पैमाना अपना।।

फैजान अदनान शफकत और जुबैर के लिए
एक आसमान है ये दास्तान-ए-दोस्ती।
सानिया आएजा आरति और फरहत के लिए
एक नई उड़ान है यह दास्तान ए दोस्ती।
मूरली, हिमांशु अभिनंदन और युगल के लिए
स्वाभिमान है यह दास्तान ए दोस्ती।
अहजम परवेज अमान और तंजीम के लिए

लब की मुस्कान है यह दास्तान-ए-दोस्ती।
दीपक शेखर राहुल और शबुर के लिए
बहोत बड़ी शान है यह दास्तान ए दोस्ती।
नमीता तान्या राशी और रुचिता के लिए
शान-ए-शायान है यह दास्तान-ए-दोस्ती।
तब्बस्सुम नीलोफर रुबिना और हानी के लिए
इनाम है यह दास्तान-ए- दोस्ती।
अभीषेक फुजैल काशीफ और राशिद के लिए
इरफान है यह दास्तान-ए-दोस्ती।
नसीम योगाश्वरी अभीषेक और सानिया शाहिद के लिए
बड़ी अरमान हैं ये दास्तान-ए-दोस्ती।
मसर्रत गजाला स्तुती और विरा के लिए
हसीन पैगाम हैं यह दास्तान-ए-दोस्ती।
अलिशा कहकशा शईमा और नबीला के लिए
इक सायबान है यह दास्तान-ए-दोस्ती।
माधुरी ,नाजीया अतहर और जानेसार के लिए
दिल का कलाम है यह दास्तान-ए-दोस्ती।
महेश ,उबैद, धर्मु और कुशाग्र के लिए
एक दास्तान है यह दास्तान-ए-दोस्ती।
सबने बताया हमने भी देखा।।

सबने लिखा आपने भी पढ़ा।।
समझो ये पता चला हमे कि सबके लिए
एक पहचान है यह दास्तान-ए-दोस्ती।
मुख्तार और वरीशा ने एक कंदील जलाई ।।
सब दोस्तों ने इस बज्म पे महफिल सजाई।।
खुदा की रहमतो ने हमें मंजिल दिलाई
हम सबके लिए एक नया उनवान है यह दास्तान -ए- दोस्ती।

-वारीशा ए. फैज़ी

2. दास्तान-ए-दोस्ती के दोस्त

एक रोशनी, एक चमक, एक नूर,

एक वारिशा है दास्तान-ए-दोस्ती

आसमान में जगमग करती कहकशाँ है दास्तान-ए-दोस्ती

तौसीफ की कलम बोलती है नीलोफर है दास्तान-ए-दोस्ती

दिव्या ज्योति सी है गीता-कुरान में दास्तान-ए-दोस्ती

अल्लाह की जानिब से वलियों का फैजान-ए-कामिल है दास्तान-ए-दोस्ती

ऐज़ा बोल उठी क्या कहूं कितनी दिलनवाज़ है दास्तान-ए-दोस्ती

तबस्सुम से लबरेज़ एक बेहतरीन तोहफा है दास्तान-ए-दोस्ती

दीपक भी करे जिसके सलामती की दुआ वही है दास्तान-ए-दोस्ती

दोस्ती में अमान है, मोहब्बत का पैगाम है दास्तान-ए-दोस्ती

सानिया की कलम भी हो गई शाहिद-ए-दास्तान-ए-दोस्ती

सब जानते हैं फुजैल है दास्तान-ए-दोस्ती

राशिद भी बोल उठे की कमाल है दास्तान-ए-दोस्ती

जब सायमा हो दोस्त तो हर दिल अज़ीज़ है दास्तान-ए-

दोस्ती

मुरली की मधुर राग है दास्तान-ए-दोस्ती
खूबसूरती में भी सबसे नबीला है दास्तान-ए-दोस्ती
हर अच्छी खबर से बड़ी मुब्बशेरा है दास्तान-ए-दोस्ती
हर खुशमिजाज़ी से बेहतरीन हानी है दस्तान-ए-दोस्ती
हर दास्तान से अच्छी नाज़िया है दास्तान-ए-दोस्ती
सानिया का कहना है कि दोस्त हमारा ऐसा हो कि बने नई
दास्तान-ए-दोस्ती
अहज़म ने कहा नई चमक, नया एहसास है दास्तान-ए-दोस्ती
शेखर बोल पड़े दास्तानों का शिखर है दास्तान-ए-दोस्ती
महेश के अल्फ़ाज़ बोल पड़े रिश्तो की जान है दास्तान-ए-
दोस्ती
आरती ने बसा रखी है यादों में दास्तान-ए-दोस्ती
आयत पर बहुत गहरा असर हुआ है पढ़कर दास्तान-ए-दोस्ती
दोस्ती का पासवर्ड अलीशा है दास्तान-ए-दोस्ती
बहुत से अनजान भी हैं कि क्या है?
दास्तान-ए-दोस्ती
अभिषेक कहते हैं एक अधिकार है दास्तान-ए-दोस्ती
एक शख़्सियत, एक मसर्रत का जहाँन है दास्तान-ए-दोस्ती
राहुल कहते हैं दोस्ती का रिश्ता ही है दास्तान-ए-दोस्ती

अंधेरे में हिमांशु के मानिंद चमकती है दास्तान-ए-दोस्ती
रूचिता-सी अनकही है दास्तान-ए-दोस्ती
ग़ज़ाला की क़लम बोलती है सागर है दास्तान-ए-दोस्ती
काशिफ भी पुकार कर ज़ाहिर करने लगे दास्तान-ए-दोस्ती
फूल वफा के खिलते हैं सुनाते हैं अदनान दस्ताने-ए-दोस्ती
शफकत, उलफत, मुहब्बत, अज़मत है दास्तान-ए-दोस्ती
दोस्त हजारों बनाए जाएंगे, एक वीरा की है दास्तान-ए-दोस्ती
कामयाबी का राज़ है दोस्त है और परवेज़ है दास्तान-ए-दोस्ती
जिंदगी की एक तंज़ीम है दास्तान-ए-दोस्ती
YQ गुड़िया बोल पड़ी कि ऑनलाइन भी है दास्तान-ए-दोस्ती
आनंद का अभिनंदन है दास्तान-ए-दोस्ती
नमिता की क़लम बोली विनम्रता है दास्तान-ए-दोस्ती
एक अजब एहसास, एक अजब नसीम है दास्तान-ए-दोस्ती
अजीब-सा रिश्ता, अजीब-सी तान्या है दास्तान-ए-दोस्ती
एक इतमीनान, एक खुशी, एक फरहत है दास्तान-ए-दोस्ती
हर दर्द को समेट ले जो बनकर शबूर वही है दास्तान-ए-दोस्ती
जो मिटा दे तनहाई को ऐसी युगल है दास्तान-ए-दोस्ती
आनंद का एक समूह एक राशी है दास्तान-ए-दोस्ती

नाराज़गी में भी दोस्तों की स्तुति है दास्तान-ए-दोस्ती
ज़िंदगी का दिलकश नज़ारा जैसे पहाड़ों में रूबीना है दास्तान-ए-दोस्ती
दोस्तों पर जानेसार करना है दास्तान-ए-दोस्ती
ज़माना देखेगा और कहेगा बहुत ज़ुबैर है दास्तान-ए-दोस्ती
जब दोस्त पुराने याद आते हैं तो उबैद सुनाते हैं दास्तान-ए-दोस्ती
चतुर, होशियार कुशाग्र और बुद्धिमानी की मिसाल है दास्तान-ए-दोस्ती
मधुरता और मिठास से भरपूर है माधुरी की दास्तान-ए-दोस्ती
दिन का आफताब है दास्तान-ए-दोस्ती
रात का महताब है दस्तान-ए-दोस्ती
मिलकर हमने लिख दिया पूरी किताब दास्तान-ए-दोस्ती
एक कहानी एक किस्सा एक ग़ज़ल है दास्तान-ए-दोस्ती
बहुत सुन चुके किस्सा-ए-इश्क़-ओ-मोहब्बत अब पढ़िए दास्तान-ए-दोस्ती
अब ना कहिए कोई किस्सा कि पढ़ना है दस्तान-ए-दोस्ती
'मुख़्तार' के लिए बहुत कीमती मरहम है दास्तान-ए-दोस्ती।

-डॉ. मुख़्तार अहमद अन्सारी

3. दोस्ती के ही दम से

दोस्ती के ही दम से हैं जिंदगी।
हर एक रुप में ये है रंगा रंगी।।

जब मिल गई हमको ये दोस्ती
हो गई जिंदगी हमारी सतरंगी।।

उन्ही से होती हमारी लड़ाई भी।
और उन्ही से है हमारी दिललगी।।

ढेर सारी मस्ती,खेल कुद और
होती बेमतलब की आवारगी।।

हजार बेइज्जती के बाद भी
नहीं आती दोस्तों को शर्मींदगी।।

शोख चंचल बातो के साथ भी
रखती है बरकरार पाकीज़गी।।

जमाने से जुदा है हाल उनका
पसंद आती है हमारी सादगी।।

हम रोज बात करते हैं फिर भी
रहती है मिलने की तीशनगी।।

उनसे मिलने का फायदा है कि
दोस्तों से मिलती नई ताजगी।।

दोस्त के ही दम से है जिंदगी।।

-वारीशा ए. फैज़ी

4. किमत

चवन्नी-अठन्नी की किमत वो क्या जाने,
जो बचपन की यादों को ना संभाले।
इन्हीं से हमारे होंठ मुस्कराते थे,
जब माता-पिता हमारे रोने पर देते थे।
बचपन की खूबसूरत याद दोस्तों का साथ याद हैं,
आज भी सिक्के और एहसास मेरे पास हैं।
दोस्ती के एहसासों की किमत कुछ इस तरह बढ़ गई है,
जैसे पुराने सिक्कों की किमत बढ़ी आज है।
सिक्कों के ख़रीदार तो आज भी बेशुमार हैं,
मगर दोस्ती बिकती नहीं ना इसका कोई ख़रीदार है।
दोस्ती में ना जाने ये कैसा मज़ा हैं 'मुख़्तार'
होकर भी ख़फा दोस्त होता नहीं कभी जुदा है।

-डॉ. मुख़्तार अहमद अन्सारी

5. लाजवाब

पेश हैं उनके लिए **दास्तान-ए- दोस्ती**
जिसके लिए दोस्ती है बहुत कीमती....

एक दोस्त है मेरा जो मुझसे कोसों दूर रहता है।।
ना हीं मुझको देखा है मगर मुझको वह जानता है।।

ना ही मुझको सुना है मगर मुझको पहचानता है।।
मेरी हर खामी और खुबी को वह पहचानता है।।

मेरे सब काम पर बेइंतेहा ऐतबार करता है।।
अपने सभी सुख दुख हमे सुनाता है।।

हर गलती और गुनाह से रोकता है।।
वह कभी भाई जैसा दोस्त बनता है।।

तो कभी दोस्त जैसा भाई बनाता हो।।
कमाल की है अपनी **दास्तान -ए-दोस्ती**

कभी दोस्त की तरह मुझको हौसला देता।।
कभी बहन की तरह मुझको मशवरा देता।।

कभी भाई बनकर मेरे साथ खड़ा रहता।।
कभी बाप बनकर वह मुझको समझाता।।।

कभी वो सरापा एक सवाल बन जाता।।
कभी मेरे लिए वह इक ढ़ाल बना जाता।।

कभी हर उलझन का जवाब बन जाता।।
कोई नहीं जो उसकी मिसाल बना जाता।।

बेमिसाल सी है अपनी **दास्तान -ए-दोस्ती**

कुछ लोगों ने ख्वाहीश की
कुछ लोगों ने साजिश की

कुछ लोगों ने फरमाईश की
कुछ ने झूठ की आमेजीश की

कि टूट जाए हमारी दोस्ती...
हर बार बढ़ी हमारी दोस्ती...

एतबार पर टीकी ये दोस्ती।।।
अब सलामत रहे ये दोस्ती।।।।

लाजवाल सी है अपनी **दास्तान -ए-दोस्ती।**

-वारीशा ए. फैज़ी

6. दोस्ती के लिए

नेक काम रूह की पाकीज़गी के लिए
खुश रहना दिल की ताज़गी के लिए।

रोज टहलना तन्दुरुस्ती के लिए।
फर्ज़ है बताना मेरा दोस्ती के लिए।

क़लम उठाया है बेहतर ज़िंदगी के लिए
स्याही बहाना है अल्लाह की बंदगी के लिए।

दोस्त बना लेता है उसे अल्लाह
जो गुनाह नहीं करता उसकी खुशी के लिए।

वही सच्चा दोस्त होता है 'मुख़्तार'
जो हरपल साथ देता है बेहतरी के लिए।

-डॉ. मुख़्तार अहमद अन्सारी

7. दोस्ती निभाना

उसने पूछा दोस्ती कैसे निभाऊ?
मैंने कहा अब कैसे बताऊं ?
दोस्ती के कुछ रहते हैं उसुल
आओ मैं तुमको वह सब बताऊं।

बिना गलती ही उसको मारना
गलती होने पर बस समझाना
जब तुम्हें आ गया काम इतना
तुम्हें आ गया दोस्ती निभाना!

खुद तो उसका मजाक उड़ाना
इसी बात पर दूसरों से लड़ना
जब तुम्हें आ गया काम इतना
तुम्हें आ गया दोस्ती निभाना!

हर एक मुश्किल में साथ देना
और कठिन राहों पर हाथ देना
जब तुम्हें आ गया काम इतना
तुम्हें आ गया दोस्ती निभाना!

उस पर बेइंतहा भरोसा करना
और हरदम पर शिकवा करना
जब तुम्हें आ गया काम इतना
तुम्हें आ गया दोस्ती निभाना

हँसते हुए दोस्त को रूलाना
रोते हुए को फिर से हसाना
जब तुम्हें आ गया काम इतना
तुम्हें आ गया दोस्ती निभाना!

-वारीशा ए. फैज़ी

8. मरहम

जब है ढ़ाल तो खंजर भी होने चाहिए,
जब हैं ग़ैर तो अपने भी होने चाहिए।

बहुत ही नाज़ुक होते हैं ये फूल,
इनकी हिफ़ाज़त के लिए कांटे भी होने चाहिए।

जब ना करे कोई दवा असर यारों,
तो फिर दोस्ती के मरहम होने चाहिए।

कर दे दुनिया ज़ख़्मी मुझे तो कोई फिक्र नहीं,
मगर फिक्र करने वाले दोस्त होने चाहिए।

जब दोस्त मेरे बेशुमार हैं 'मुख़्तार'
तो फिर कुछ दुश्मन भी होने चाहिए।

-डॉ. मुख़्तार अहमद अन्सारी

9. सुकून

दोस्तों के साथ जिने का हमे मज़मुन मिलता है
दोस्तो के साथ जिवन भर का सुकून मिलता है।।

हज़ार गम हो या।।
फिर आंखें नम हो।।
दोस्त के आ जाने से
खुद ब खुद कम हो।।।
जितनी भी खुशी हो
सब दोस्त के दम से हो।।
दोस्त हमको हसाता है,
वो हमारा साथ देता है,
वो कंधे पर हाथ देता है,
हमें इक पहचान देता है,
चेहरे पे मुस्कान देता है,
दिल में अरमान देता है।
ये देखकर सब बोलता है,
यह सच है कि,
दोस्तों के साथ जिवन भर का सुकून मिलता है।।

हमें आगे बढ़ने का हौसला देता है ।।
हमको अपनी बातों में बहला देता है।।
नहीं जरूरत होती है आशियाने की
हमें ठहरने के लिए घोसला देता है।।
जो कभी हम ठहर जाए रास्ते में
हमारी हार से हमको दहला देता है।।
जब अंधेरे रास्ते गुमनाम मंजिल हो
उम्मीद का जुगनू वो पहला देता है।।
कोई भी ना दे सकता इतनी हिम्मत
जितना कि दोस्त हमें अकेला देता है।।

ये देखकर सब बोलता है,
यह सच है कि
दोस्तों के साथ आगे बढ़ने का जुनून मिलता है।।

हर गलत काम पर टोकना
हर वक्त हमारा साथ देना
हमें सीधा रास्ता दिखाना
गलत काम से दूर रखना

यह देखकर सब बोलता है,
यह सच है कि
दोस्तों के साथ सही गलत का कानून मिलता है।।

कभी जो रोउं तो सीने से लगाए,
दुख से निकालकर मुझको हसाए ,
बात बे बात वो मुझसे लड़ जाए,
मेरा दोस्त ऐसे ही दोस्ती निभाए।

यह देखकर सब बोलता है,
यह सच है कि
दोस्तों के साथ हर एक शख्स ममनुन मिलता है।।

-वारीशा ए. फैज़ी

10. कानपुर के दोस्तों की याद में

याद आता है वह लम्हा बीता हुआ,
जो भाता ना था रहता हुआ।
उन्हीं यादों से करार मिलता है दिल को,
वही अब नजर आता है ज़ख़्म सीता हुआ।
क्या रंग-ओ-बू थे, अपने हर शूँ थे,
हर कोई था मर-मरकर जीता हुआ।
मसर्रत थी, शादमानी थी, जिंदगानी थी,
हर कोई लिख गया, नई कहानी गम पीता हुआ।
कुछ ग़मख़्वार भी थे, कुछ तलवार भी थे,
अंजान नजर आता था जख्मों में मरहम भरता हुआ।
अब भला मैं अनजान को अनजान क्या कहूं,
जो नजर आता था मेरे हर ग़मों से प्यार करता हुआ।
कहीं समंदर था तो कहीं दरिया थी यारों,
था हर कोई डूबता हुआ, तैरता हुआ।

अब उन्हीं लम्हों की याद आती है बहुत 'मुख़्तार'
जो गुजर गया मेरे दिल को चीरता हुआ।

-डॉ. मुख़्तार अहमद अन्सारी

11. मेरे दोस्तों

मैने तुम्हे अपना दोस्त माना।।
मैने हमेशा तुम्हें अपना माना।
हज़ारो की भीड़ मे पहचाना।।
तुम्हें तुमसे भी ज्यादा जाना।।
तेरा मुझ पर एतबार करना।।
मेरा तुमसे इतना प्यार करना
कमाल का है आपना याराना
नही चाहती तुम्हे कभी खोना
हमेशा तुम मेरी दोस्त रहना।।
हमेशा तुम मेरी दोस्त रहना!!!

ये ना पुछ की क्या है मेरी दोस्ती?
मेरे लिए मेरी पहचान है तेरी दोस्ती
मेरे लिए तो मेरी शान है तेरी दोस्ती।।
मेरे लिए तो फैज़ान है तेरी दोस्ती
मेरे दुखों में सायेबान है तेरी दोस्ती।।
मेरी ज़मीन पे आसमान है तेरी दोस्ती।।
मेरे परो पर उड़ान है तेरी दोस्ती।।

मेरे लिए तो आयान है तेरी दोस्ती।।
मेरे लिए गुलिस्तान है तेरी दोस्ती।।
मेरे लिए मेरी मुस्कान है तेरी दोस्ती।।
बहुतों के लिए अरमान है तेरी दोस्ती।।

वादा रहा कि
विशाल रहेगी अपनी यह दोस्ती ।।
कमाल रहेगी अपनी यह दोस्ती।।
बेमिसाल रहेगी अपने यह दोस्ती।।
लाजवाल रहेगी अपनी यह दोस्ती।।
तू भी 'वरीशा' से वादा कर ऐ दोस्त।।
कभी ना टुटेगी अपनी यह दोस्ती।।

-वारीशा ए. फैज़ी

12. ख़ुश मिजाज़

हम खुश मिजाज़ लोग हैं, खुश रहते हैं,
नफ़रत की आग नहीं लगाते हैं।
जलकर रोशनी फैलाते हैं,
कभी राख नहीं फैलाते हैं।
हम अमन पसंद लोग हैं,
चमन में आग नहीं लगाते हैं।
कांटों पर चलते हैं, और हम,
गुल को गुलाब कर जाते हैं।
हम हमदर्द लोग हैं,
जख़्म पर नमक नहीं लगाते हैं।
हर दर्द की दवा रखते हैं,
कभी दर्द से जफा नहीं करते हैं।
दोस्तों से हम नाराज़ हो जाते हैं,
मगर दोस्ती से कभी दग़ा नहीं करते हैं।

-डॉ. मुख़्तार अहमद अन्सारी

13. दोस्त पुराने हो गए

अब खुशियाँ मनाए जमाने हो गए।
जबसे दोस्त अपने ठिकाने हो गए।।
दोस्त के साथ रहने का फायदा हुआ।
जिंदगी के कुछ पन्ने सुहाने हो गए।।
कामयाबी ने कत्ल कर दी ये दोस्ती।
जो अपने थे वही तो बेगाने हो गए।।
तमाम रास्ते अलग हो गए हमारे।
अब तो दूर जाने के बहाने हो गए।।
जिनके साथ गुजरता था पुरा दिन।
उन दोस्तों से मिले, जमाने हो गए।।
जरूरी है जब रिश्ता नाम का हो जाऐ
रिश्तो के तकाजे समझाने हो गए।।
कल जिनके दम से जिते थे हम।
अब वही सब दोस्त पुराने हो गए।।

-वरिशा ए. फैज़ी

14. शगुन खराब है

इज़हार-ए-दोस्ती और पीठ पर खंजर का वार,
तो फिर शगुन खराब है।
दिल में नफरत का पहाड़ ज़ुबान से प्यार,
तो फिर शगुन खराब है।
करे जफा, करके वादा हजार,
तो फिर शगुन खराब है।
जो कर देते हैं दोस्ती को तार-तार,
तो फिर शगुन खराब है।
जो हो गए ज़हनी तौर पर बीमार,
तो फिर शगुन खराब है।
हुए दग़ाबाज़ निकले गद्दार,
तो फिर शगुन या खराब है।
हैं निकम्मे, नकारा, बेकार,
तो फिर शगुन खराब है।
करके अपनों से दग़ा करते हैं अत्याचार,
तो फिर शगुन खराब है।
नहीं है इनमें कोई संवेदना ना कोई जज़्बात,

तो फिर शगुन खराब है।
करते हैं विश्वास पर घात,
तो फिर शगुन खराब है।
रखते हैं जो दूसरों को गिराने की चाहत,
तो फिर शगुन खराब है।
बहुत से हैं दोस्ती के नाम पर दाग़,
तो फिर शगुन खराब है।
अगर नहीं है तुम्हें दोस्ती से प्यार,
तो फिर शगुन खराब है।
अगर दोस्ती में है ग़म शुमार,
तो फिर शगुन खराब है।

-डॉ. मुख़्तार अहमद अन्सारी

सह-लेखक

15. बिछड़े हुए दोस्त

रश्क़-ए-आसमाँ है, सितारों के मुस्कुराने में,
रंग ऐसे ही भरे हैं, अपने इस दोस्ताने में।
मिजाज़-ए-दिल से उतर कर वो रूह में मिलना,
सिमट कर रह गई बातें फ़क़त फसाने में।
लफ़्ज़ो के साथ जज़्बातों में रहते थे जिस तरह,
वही मक़ाम है, दिल के उसी ठिकाने में।
हक़ीक़त-ए-वक़्त से इतने भी बदगुमान नहीं,
कि तुम्हारा नाम है, दुनिया मेरी सजाने में।
बेवजह ही थी, तेरे साथ वो रहने की वजह,
वरना ऐसी कोई, मिसाल ही नहीं ज़माने में।
मेरा कमाल नहीं, इसमें कोई ऐ यारों,
कि उसका हाथ है, शायर मुझे बनाने में।

-कहकशाँ रज़ा ख़ान

परिचय

कहकशाँ रज़ा खान एक युवा एवं नवोदित रचनाकार हैं, अधिकतर उर्दू शायरी की रचनाकार हैं। इनका सम्बन्ध बरेली से है। वर्तमान में ये राजकीय होम्योपैथिक चिकित्सा महाविद्यालय, एवं चिकित्सालय, ग़ाज़ीपुर में BHMS प्रथम वर्ष की छात्रा हैं। इनकी दिलचस्पी उर्दू शायरी और राजनीति में है, ये बिरियानी की बहुत शौकीन हैं।

16. ऐसा दोस्त

तू क्या है मेरा मैं कह सकती नहीं
बिन कहे भी तो आज मैं रह सकती नहीं।
एक दोस्त के रूप में रौशनी जैसा चमका है तू
ग़मों की धूप में हमदर्द बनके छाया बना है तू।
एक साथी की तलाश में जब बेचैन थी मैं
हमराज़ बनके मेरे ग़मों से लड़ा है तू।
मेरे नख़रे उठाने से तो मेरे अपने भी दूर भागते हैं
हर हाल में मेरी धड़कन बनकर खड़ा है तू।
तू ने रोने ना दिया मुझको तनहा अकेले
हर तनहाई में मेरी महफिल बना है तू
कोई तसव्वुर ना कर सके ऐसा दोस्त बनकर आया है तू
ऐ दोस्त ज़िंदगी के सफर में 'नसीम' का साया है तू।

-नसीम बेग़म

17. दोस्ती की चाय

हाँ वह दोस्त ही है जो हमारे लबों की हँसी की वजह बनता है,
हाँ वह दोस्त ही है जो बेगरज़ हमारे लिए हर वक्त रहता है।

हाँ वह दोस्त ही है जिसके पास हमारी जिंदगी के हर राज दफन है
हाँ वह दोस्त ही है जिस से मिलकर आता हमें जिंदगी जीने का फन है।

हाँ वह दोस्त ही है जो बेवजह लड़ता है सबसे हमारे लिए,
हाँ वह दोस्त ही है जिसके पास होने से सुकून मिलता है।

दोस्त तो जैसे हमारी जिंदगी की चाय में चीनी की तरह है,
बिना चीनी जैसे चाय बेकार है बिना दोस्त वैसे ही जिंदगी बेकार है।

-नसीम बेग़म

18. यारों का यार

हाँ वह यारों का यार है,
कोई और नहीं वह मुख़्तार है।
हमेशा हर हाल में साथ देता है,
बदले में मुझसे बस मेरी मुस्कान लेता है।
सब्र करता है जब मैं भड़क जाती हूँ,
मना लेता है मुझे, उसकी गलती ना होते हुए भी,
जब मैं रूठ जाती हूँ।
कहता है हमेशा, तू बस ख्याल रखना
तुझे खुश-ओ-आबाद देखना बस मेरा है सपना
दोस्ती की नई मिसाल लिख दी मेरे पागल से यार ने
हाँ, बहुत कम ही वक्त में मेरे दिल में जगह बना ली पागल मुख़्तार ने।

-नसीम बेग़म

परिचय

नसीम बेग़म एक शिक्षिका एवं मेंहदी आर्टिस्ट है जो कि युवा एवं नवोदित रचनाकार हैं। इनका शौक लिखना, किताबें पढ़ना, गाना गाना, दोस्त बनाना और उनके साथ इंज्वाय करना है। इनका सम्बन्ध हैदराबाद, तेलंगाना से है।

19. रिश्ता नहीं कमज़ोर

ना पैसो से तोलो
ना ज़बरदस्ती झेलो
जो भी हो जज़्बात
बिन सोचे बोलो।

ये रिश्ता नहीं कमज़ोर
किसी ग़ैर का ना चलेगा ज़ोर
ये कहानी है ऐसी
जिसका मोहल्ले में हो जाए शोर।

ना जान थी ना कोई पहचान
मिल जाते हैं ऐसे ही कुछ अंजान
यारी का चढ़ जाता है रंग ऐसा
जिसमें बन जाता है कोई अपनी जान।

ग़ुरूर सारी दुनिया को दिखाते हैं
मगर दोस्ती में हर बेइज़्ज़ती सह जाते हैं
दिल में एक खास जगह देकर
दोस्ती का यूँ अदब कर जाते हैं।

-फरहत ख़ातून

परिचय

फरहत ख़ातून युवा एवं नवोदित रचनाकार हैं। इनका शौक चित्रकारी करना और मेहँदी लगाना है।इन्होने B.Com किया है और इनका सम्बन्ध हैदराबाद, तेलंगाना से है।

20. हाय.... दोस्ती

हाय, वो भी क्या था बचपन का ज़माना
था दोस्तो पे प्यार का खजाना लुटाना
चार दोस्त मिलकर, एक को काँधे पे उठाते थे।
राम-राम कहकर चारों तरफ घुमाते थे।
एक धागा एक पतंग लेकर दस दोस्त उड़ाते थे
जिसने हो काटी पतंग,पीट-पीट कर उसकी बैंड बजाते थे
आम के पेड़ पर चढ़कर, कच्चे आम चुराते थे
मालिक के आ जाते ही, फ़ुर्र - फुर्र हो जाते थे
न था कोई चक्कर, न दिखती थी मजबुरी
दुख होता था कुछ भी नही होती थी दूरी

अब न जाने सब कहाँ खो गए ?
देखते ही देखते एक दूजे से जुदा हो गए
मिलते है कभी, तो सब अपनी क़ाबलियत बताते हैं
हम रह गए पीछे, इस बात का ताना दे जाते हैं।

क्या अब दोस्ती का वो ज़माना नही रहा ?
क्या दोस्तो के दिल में वो ठिकाना नही रहा ?

-नीलोफ़र फ़ारूक़ी तौसीफ़

21. फ्रेंडशिप डे

दोस्ती में पहला कदम ही, मुहब्बत का भी उसूल है
वरना लगता है साहेब, बिना दोस्ती हर रिश्ता फ़िज़ूल है।
मुस्कुराहट के पीछे की वजह जान लेता है
दोस्त है साहेब हर अदा पहचान लेता है।
तारीफें कभी सामने वो करता नहीं
वो मेरे पीठ पीछे तारीफों के पुल बांध देता है।
तारों की ख्वाहिश नही, जुगनू सा दोस्त ही क़बूल है
बिना दोस्ती के लगता है,हर रिश्ता फ़िज़ूल है।
अब समंदर सी गहराई खोने लगी है
नाम दोस्ती का पर दोस्ती बेवजह होने लगी है।
डर लगने लगा है हमें अब ज़माने से
दोस्ती लफ्ज़ अपनी तपिश खोने लगी है।
हर कोई न जाने कहाँ मशगूल है
बिना दोस्ती के लगता है,हर रिश्ता फ़िज़ूल है।
अपने दोस्तों को बस इतना बता देते है।
जिस दिन हम मिलते हैं, फ्रेंडशिप डे मना लेते हैं।

-नीलोफ़र फ़ारूक़ी तौसीफ़

परिचय

नाम: नीलोफ़र फ़ारूक़ी तौसीफ़

रुचियां: ग़ज़ल ,कविताएं, शाएरी, विचार, लिपि लिखना

योग्यता: MCA

पता: Thane, Mumbai.

22. दोस्ती एक नशा

किसी शायर ने बोला दोस्ती, है दूजा नाम दौलत का !!
"कदम पहला दोस्ती है", सफर कहता मोहोब्बत का !!
बिना जाने जो हो जाए, वही तो नींव है उसकी !!
कहाँ वो दोस्ती काबिल, जो मौका देखे मुहरत का !!

हाँ...जो एक आह.......को भी, बेपनह दर्द मानता हो !!
न मैं कुछ बोलना चाँहू, जैसे सबकुछ वो जानता हो !!
दोस्ती ऐब से ज्यादा, ऐब की वजह ढूंढती है !!
कहां वो दोस्ती, ऐ दोस्त !! जो इक़्तिज़ा ढूंढती है !!

"दोस्ती" नाम के पीछे अब, ऐसे नक़ाब होते हैं !!
समुन्दर दिख रहें है पर, सच में तालाब होते हैं !!
डूबा दे दोस्त को ही वो, ऐसे सैलाब होते हैं !!
कहाँ वो दोस्ती ढूंढे, जो दिन में ख्वाब होते हैं !!

दोस्ती वो नशा है जो, बिन पिये ही चढ़ता है !!
खुशी में साथ न हो पर, तेरी गलती पे लड़ता है !!

लिख रहे हैं दोस्ती पर, वो जो है सबको ही पता !!
दोस्ती की ही जाती है, कविताएं कौन ही पढ़ता है ??

-अभिनंदन श्रीवास्तव

परिचय

I'm Abhinandan Srivastava

My hobbies include writing, listening songs, singing, playing guitar, composing songs and travelling...

I'm a graduate in Science (B.Sc in Biology)

Since 2014 I'm working for govt in Food Corporation of India. Currently posted in kurukshetra, Haryana.

23. वैचारिक मित्र

"तुम"!!
अनाम, अज्ञात, निशब्द....चुपचाप,
जीवन की मरुभूमि पे ..
बादल बन छाये...
कौतूहल से आए ।

"तुम" !!
अद्रश्य, अज्ञात एहसास..
न जाने किन "अज्ञात क्षणों" में..
कर गये दोस्ती..
मेरे 'विचारों' से,
औऱ मैं बैठी रही निस्तबःध..
उसी कोने में।

..एक "मकडजाल"
संकीर्णताओं का..
असफलताओं का..
जो बुन रखा था मैने

अपने इर्द-गिर्द..
खोल डाला तुमने
उसके प्रत्येक ताने-बाने को,
औऱ,
निर्मित की एक मजबूत डोर..
"विश्वास "की ।

"तुम" !!
..था तुम्हारा आगमन
शीतल पवन सा,
पर न जाने कब में
बदल गये तुम..
अंधड़ में / तूफान में,
था जरूरी जिसका
आना भी..
गुजर जाना भी.. ।

..फिर भी
हमारी यही "दोस्ती"
बन गई परिभाषा..
"आत्मीयता" की,..

समर्थ समझ लेने में..

सारे "वैचारिक संघर्ष ।

..ढूँढती थी अब जिसे..

भीड़ में,

मिला वो "मुझ ही" में

चुपचुप..

निशब्द..

औऱ में..

कर रही हूँ महसूस उसे..

अपने ही "शब्दों" में..

जब कंटीले दर्द

बन जाते हैं प्रेरणा,..

शायद तभी खिलते हैं ये..

"कैक्टस के फूल"..

औऱ हर कैक्टस में

विद्‌यमान तुम,

हां ,तुम !!

-नमिता गुप्ता

परिचय

नाम: नमिता गुप्ता

शौक: कविताएं लिखना,

प्रेरणादायक किताबें पढना,

पौधे लगाना..

शैक्षिक योग्यता: एम.ए.(अंग्रेजी)

पद: आध्यापक(UP. Board)

पता: Arya Nagar,Meerut

24. अटूट

आज तुझे हम 'तू' कहकर बुलाते हैं,
कल शायद 'आप' कहकर बुलाना होगा,
आज तेरे कंधे पर हक़ से हाथ रखते हैं,
कल तुझसे सिर्फ हाथ ही मिलाकर रहना होगा,
आज जो दिन-भर तेरे संग गलियों में फिरते हैं,
कल तेरे संग एक लम्हा बिताना भी मुश्किल होगा,
आज इशारा करते ही चेहरे पर हंसी फूट पड़ती हैं,
कल शायद सिर्फ जबरदस्ती का मुस्कुराना होगा,
आज घंटों तुझसे बात करने पर भी मन नहीं भरता,
कल कुछ मिनटों से ही मन को बहलाना होगा,
आज तो तू पैदल ही चल पड़ता है मेरे संग ए दोस्त,
कल तो तेरा वाहनों से ही अक्सर आना-जाना होगा,
आज लड़ते हैं कभी तो मना लेते हैं एक-दूसरे को,
कल शायद कोई भी मानने-मनाने वाला न होगा,
मगर एक बात तू हमेशा याद रखना मेरे दोस्त,
हम बेशक बिछड़ जाये पर अटूट हमारा दोस्ताना होगा।

\- तान्या गुप्ता

परिचय

नाम– तान्या गुप्ता,

रुचियां– पढ़ना,कविताएं लिखना, संगीत सुननाप्राकृतिक चीजों की फोटो खींचना, घूमना आदि।

योग्यता– १२ वीं में सर्वश्रेष्ठ अंको से उत्तीर्ण, वर्तमान में विज्ञान विषय से स्नातक की शिक्षा ग्रहण कर रही है।

पता– अंबाह, जिला मुरैना, मध्य प्रदेश।

25. बिमार-ए-दोस्ती

बिछड़े कोई दोस्त से ये ख़ुदा ना करे,
ख़ुदा किसी को दोस्त से जुदा ना करे।

छोटे से भंवर में ही डूब जाएगी कश्ती,
बचने का हौसला गर नाखुदा ना करे।

मंजिल तो बड़ी दूर है ऐसे ना मिलेगी,
मुसाफिर अगर चलने का ही हौसला ना करे।

मोहब्बत का मारा हो या बीमार -ए- दोस्ती,
उस पर असर दुनिया की कोई दवा ना करे।

सलामत रहे तेरी दोस्ती जिससे उम्र भर 'सबूर',
तू सोच क्या करे कि क्या ना करे।

-मोहम्मद सबूर

परिचय

नाम - मोहम्मद सबूर मुझे किताबें पढ़ना शतरंज खेलना और नई जगहों पर घूमना पसंद है।

मैं जिला पीलीभीत का रहने वाला हूं, मैंने अपनी प्रारंभिक शिक्षा मदरसे में हासिल की उसके बाद 12वीं की परीक्षा सरस्वती विद्या मंदिर इंटर कॉलेज से पास की।

मौजूदा समय में मैं इंटरनेशनल स्कूल ऑफ मेडिसिन बिश्केक किर्गिस्तान में एमबीबीएस द्वितीय वर्ष का छात्र हूं।

26. एक दोस्त पुराना याद आया

वो कच्चे मकान का, पक्का दोस्त याद आता है।
बचपन की सुहानी यादों का सफर याद आता है।
घुमना, खेलना, झगड़ना और फिर एक हो जाना
उस प्यारे से दोस्त का, सफर पुराना याद आता है।

वो बेवजह किसी नुक्कड़, चौराहे पर वक़्त गुज़ारना
खुद की परेशानी भूल कर, औरों की सुलझाना
बेवजह की नोक-झोंक और ज़रूरतों पर भाई बन जाना
वो कच्चे मकान का, पक्का दोस्त याद आता है।

याद करने पर उसका भी यही है कहना
याद हम भी करते हैं लेकिन ज़रा मजबूर हैं
जैसा भी है दोस्त है, उसकी बात पर यकीन कर जाना
दोस्ती में ज़रूरी भी है पक्का यकीन होना

वो कच्चे मकान का, पक्का दोस्त याद आता है।
बारिश के पानी, तालाब, नहरों में साथ-साथ नहाना

दोपहर की गर्मी में घर से भाग जाना
खेतों से तरबूजा और बाग़ से आम चुराना
सुबह में निकलना और शाम में वापस आना
उम्मीद-ए-आरज़ू उस वक़्त का लौट आना।

बचपन की यादों से जवानी का सफर
मिट्टी के मकान से संगमरमर का घर
जिसकी यादें दिमाग़ में ज़िंदा और दिल पर असर
काश लौटा देता खुदा वो हसीन बचपन का नगर
वो कच्चे मकान का, पक्का दोस्त याद आता है।

-डा ॅ. उबैद खान

परिचय

डॉ. उबैद खान एक युवा एवं नवोदित रचनाकार हैं। इनका सम्बन्ध अम्बेडकर नगर से है। वर्तमान में ये राजकीय होम्योपैथिक चिकित्सा महाविद्यालय एवं चिकित्सालय, ग़ाज़ीपुर में BHMS अन्तिम वर्ष के छात्र हैं। इनको क्रिकेट खेलने का बहुत शौक है।

27. गीता-क़ुरान

सुना है अब उन गलियों में
गीता क़ुरान भी लड़ते हैं,
जहां कभी तुम हम हम तुम
हिलमिल कर संग संग रहते थे ।

सुना है अब तेजाबी रंगत
लोग उड़ेला करते हैं ,
हम तुम तो पुए के संग
रंग होली खेला करते थे ।

दीवाली में घर पे मेरे
हम तुम गुझिया खाते थे ,
और ईद की ईदी को
हफ़्तों तक मस्त उड़ाते थे ।।

सुना है मैंने अब तो लोगों
के दिल भी बस काले हैं ,
याद है तुमको मेरी गुड़िया
कितनी रंगों वाली थी ।

तब तो सावन हरा भरा था
और गेरुआ मेहंदी थी ,
गुड्डा तेरा उसकी डोली
ले कर आने वाला था ।।

जिस मस्जिद के कोने से
हम बेर चुराया करते थे ,
और पुरानी मंदिर की
सीढ़ी पे खाया करते थे ।

वहाँ अभी दो नवनिर्मित हीं
श्वेत गेरुए खंडहर हैं ,
और देवता भटक रहे अब
मस्जिद है ना मंदिर है ।।

सुना है सूरज चांद इन्होंने
आपस में हीं बाँट लिया ,
हम थे तब तो दिन था सूरज
और चाँदनी चन्दा थे ।

छोड़ो बातें आसमान की
हम तो धरती वाले हैं ,

अपनी चोटें मिट्टी वाली
किस्से अपने आले हैं ।।

खैर पुरानी बातें है वे
अब तो सब कुछ बदल चुका ,
कुछ मैं बदली कुछ तुम बदले
और कहानी बदल चुकी ।

किस्से अपने बातें अपनी
यादें सारी वहीं रही ,
हम तुम आगे निकल गए पर
यारी अपनी वहीं रही।

-योगेश्वरी

परिचय

नाम: दिव्य ज्योति

(योगेश्वरी)

अभिरुचि: लेखन

योग्यता" MBBS

पता: पटना , बिहार।

28. वो लम्हे....

वो लम्हे जो मेरी ज़िंदगी के अनमोल पल बन गए
वो लम्हे जो मेरा बीता हुआ कल बन गए
काश उन लम्हों को मैं फिर से जी पाता
वो लम्हे जो मेरी नम आंखों का जल बन गए

वो लम्हे जो मुझे मेरे दोस्त दे गए
वो लम्हे जो कुछ न भुला पाने वाले लोग दे गए
इस सफर की शुरुआत हमने साथ की थी
जिस दिन गुरुओं से पहली मुलाकात की थी

उन पलों को भी हमने साथ जिया है
जिन पलों ने कभी जीत और कभी हार का साथ दिया है
वो लम्हे अब लौट के नहीं आ सकते
वो लम्हे जहां हम चाहकर नहीं जा सकते

सभी के दिलों की बात जो टीचर बिन कहे जाने लेते थे
और क्या भला है क्या बुरा ये थोड़े झगड़े के बाद हम जो मान लेते थे

वो लम्हे एक धुंधली याद बन गए
वो लम्हे जो अतीत की यादगार किताब बन गए

दूर जाने का मन तो नहीं होता
फिर भी इस घर को छोड़कर जाना पड़ेगा
टीचर ने जो सीख और दुआएं दी उन्हें याद रख
बाकी सब कुछ भुलाना पड़ेगा।

क्या करें इम्तेहान की तो आदत सी हो गयी है
कभी फेल तो कभी पास होना मानो
ऊपरवाले की इबादत सी हो गयी है
अजीब थे ये लम्हे जिनमें हम हँसे भी और रोये भी
अजीब थे ये लम्हे जिनमें कुछ पाए भी और खोये भी

इन लम्हों को याद बना साथ ले जाऊंगा
इन लम्हों की दास्तान फिर किसे सुनाऊंगा
क्योंकि......
क्या इन लम्हों को मैं फिर से जी पाऊंगा?
क्या इस स्कूल में मैं फिर से वापस आऊंगा?
क्या यह कविता इस मंच से मैं फिर सुना पाऊंगा?
मैं जानता हूं इसका जवाब न ही होगा
क्योंकि लिखी हुई किताब को मैं फिर कोरा कैसे कर पाऊंगा?

बस इन लम्हों को आने दिल में बस लूँगा
और जब याद आएगी आपकी
तो नम आंखों से रोक नाम ले मुस्कुरा लूंगा.....

-युगल पाठक "विहंग"

परिचय

युगल पाठक "विहंग" एक युवा, नवोदित तथा हर श्रेणी की रचना करने वाले रचनाकार हैं।
इनका सम्बन्ध पहाड़ो की गोद में बसे सुंदर नगर हल्द्वानी से है तथा ये वर्तमान में भीमताल में रहते हैं ।
इनका लेखन इनके मन के भावों तथा जीवन की सच्चाई से प्रभावित है। संगीत,किताबे पढ़ना, फिल्में देखना,आदि इन्हें बेहद पसंद है।
वर्तमान में बिरला इंस्टीटूट ऑफ एप्लाइड साइंसेज में बीटेक कंप्यूटर साइंस एंड इंजीनियरिंग में अध्ययनरत हैं तथा साइबर सिक्योरिटी क्षेत्र में यह कार्यरत हैं।
ये अपने सभी खट्टे मीठे अनुभवों को लोगों के साथ साझा करना पसंद करते हैं तथा लोगो से घुलना मिलना इन्हें बोहोत पसंद है।

29. दोस्तों की सलामती

ये मेरे दोस्त सब सलामत रहे
मैं रहु ना रहु सब सलामत रहे...
जमाना बने चाहे दुश्मन भले,
इससे डरना नहीं सब सलामत रहे...

जिंदगी कि समझ आयी जब तुम मिले,
दोस्ती में नहीं कोई छोटा बड़ा...
तुम हो जब साथ मेरे तो क्या चाहिए,
जिंदगी से नहीं कोई लक्ष्य बड़ा...
बाज ना आना तुम हरकतो से कभी,
तुम जहाँ भी रहो बस कयामत रहे,
ये मेरे दोस्त सब सलामत रहे...

कॉलेज के दिन सदा ही जिन्दा रहे,
सोच कर हम उन्हें शर्मिंदा रहे...
कोई लड़की भी राधा सी मिल जाएगी,
कोई कान्हा रहे कोई गोविंदा रहे...
भुल जाना ना तुम दोस्तो को कभी,

प्यार मे तो सदा ही शिकायत रहे...
ये मेरे दोस्त सब सलामत रहे...

दोस्ती मे झगड़ना तो चलता ही है,
कोई तो झुठा सच्चा निकलता ही है...
दोस्ती तो सदा बढ़ के हैं प्यार से,
प्यार तो दोस्तों से जलता ही है...
जिक्र हो दोस्तों या दुश्मनों का कहीं,
कारण तुम्हारे ही सदा ये आफ़त रहे...
ये मेरे दोस्त सब सलामत रहे..

-दीपक मस्तबाजी

परिचय

I'm Deepak mstbaji

My hobbies - Writing, Singing, Dancing, Playing Tabla,

My Qualification- I'm Graduate in Agriculture science (B.sc. Agriculture)

Address - I'm From Village Bakawan, Distt-Khargone (MP).

30. ऐसी है दोस्ती

दोस्ती हो तो ऐसी की परछाई सी।
दोस्ती में रहकर भी मिले खुद को आजादी भी।
दोस्ती को तुम नकारना मत, सीख बहुत देती है।
पल पल साथ रहने वाले भी छोड़ जाएं और अनजान दोस्त
बन जाए ऐसी है दोस्ती।
पहचान और जान से परे, दिल को समझे सीधा, ऐसी है
दोस्ती।।
दोस्ती में जान भी कुर्बान है पर वफादारी तो हो।।
धोखा धड़ी ना हो तो हीरे सी चमक आ जाए ऐसी है दोस्ती।।

-राशी भार्गव

31. पैग़ाम

चलो, फिर एक शाम लिख दे दोस्तों
महफ़िल-ए-मसर्रत के नाम लिख दे दोस्तों

ऐ ख़ुदा वो दौर कभी भी ना आए
मुलाकातों के सिलसिले जो खत्म हो जाएं
कि मोकूफ है दोस्ती मुलाकातों पे भी
इमकान इस बात का ना रिफाकत पे आए
हयात को एक नया नाम लिख दे दोस्तों
चलो फिर एक शाम लिख दे दोस्तों
महफ़िल-ए-मसर्रत के नाम लिख दे दोस्तों

मुख्तसर-सी ज़िंदगी लेकर
मुख्तलिफ शहरों में रहकर
मुफलिसी से हालात कहकर
मुस्कुराते हुए हर पल जीकर
मिसाल-ए-मुहब्बत का पैग़ाम लिख दे दोस्तों
चलो फिर एक शाम लिख दे दोस्तों
महफ़िल-ए-मसर्रत के नाम लिख दे दोस्तों
तालीम की दौड़ में हम खो ना जाए

दिल ये मासूम कहीं सो ना जाए
कि तरस रहा दिल इसको ईनाम लिख दे दोस्तों
चलो फिर एक शाम लिख दे दोस्तों
महफ़िल-ए-मसर्रत के नाम लिख दे दोस्तों।

-अमान खान

परिचय

नाम :- अमान अली खान

शौक:-1. शायरी पढ़ना और लिखना

2. दोस्तों के साथ नयी जगाहो पे घूमना

3. नए नए ज़ायकेदार पकवान खाना

4. एक अच्छी ज़िन्दगी के लिए रोज़ नई चीज़े सीखनापेशा:-लखनऊ में इंटेगरल यूनिवर्सिटी से सिविल इंजीनियर की तालीम हासिल करी है और इन दिनो लखनऊ में ही एक कंपनी में सिविल इंजीनियर का काम कर रहा हूं।

पैदाइश रामपुर, यूपी में हुई है और रिहाइश शुरू से लखनऊ में है।

32. दोस्त हमारा ऐसा हो..

दोस्त हमारा ऐसा हो...

जो दिन की तरह ना ढले बल्कि वक्त की तरह हर पल साथ हो.

जो मौसम की तरह ना बदले बल्कि हवाओं की तरह साथ चले.

दोस्त हमारा ऐसा हो...

जो हमारे लफ्ज़ो से ज्यादा हमारी खामोशी को समझे.

जो हमारी गलतियों पर डांटे पर कभी साथ ना छोड़े.

दोस्त हमारा ऐसा हो...

हो कोई ऐसा जिसे यह ना कहना पड़े तुम साथ दो मेरा

बल्कि हर दुख सुख परेशानी में वह आप का साथ दें.

दोस्त हमारा ऐसा हो...

जो आपकी मुस्कुराहट के पीछे छुपे आपकी आंखों की नमी को पहचान ले.

वो आपके चंद शब्दों के विस्तार से समझ ले.

दोस्त हमारा ऐसा हो...

कोई अजनबी हो जिससे आप अपने दिल की छोटी से बड़ी

बातें पूरे एक्साइटमेंट के साथ बता सको.

वह वक्त की गहराइयों की तरह आपके दिल का हाल समझ ले.

दोस्त हमारा ऐसा हो...

वक्त आने पर वह आपके लिए आपकी फैमिली बन जाए.

जरूरत पड़ने पर आपका साथी.

जो हर हाल में आपके साथ हो.

दोस्त हमारा ऐसा हो...

कोई शिकवा शिकायत नहीं बल्कि हर सिचुएशन में मौज-मस्ती साथ लाए और कहीं चल कर यार.

अपना टाइम आयेगा.

दोस्त हमारा ऐसा हो...

जो हर पल आपकी केयर करें आपके मां-बाप की तरह, और प्यार तो ऐसा करें कि आपको अपने जीवन साथी की भी याद ना आए.

दोस्त हमारा ऐसा हो...

कोई भी ऑकेजन हो वह कुछ स्पेशल करें ना करें पर हर वक्त पार्टी की डिमांड जरूर करें.

जो बिन बुलाए तो आए पर इज्जत मेहमानों वाली एक्सपेक्ट करें.

दोस्त हमारा ऐसा हो...

सब कुछ आपकी जिंदगी में हो पर एक इंसान जिसे आप अपना दोस्त कहते हो वह पास ना हो तो दिल में उसकी कमी हरपल खलती हो.

दोस्त हमारा ऐसा हो...

दोस्त हमारा ऐसा हो...

-सानिया

परिचय

नामः सानिया

शौकः कविताएं लिखना, पौधे लगाना, वर्ल्ड टूर पर घूमना...

योग्यताः BSC 1st yr

पताः मोहम्मदाबाद गोहना मऊ।

33. 'नेमत-ए-खुदा : दोस्ती'

हर सिम्त है अंधेरा बस एक रौशनी है ..
उस से हुई है रौशन सबकी ये जिंदगी है....

जैसे दहकता सहरा बारिश से भीग जाए....
जैसे सियाह जंगल जुगनू से जगमगाए...

जैसे किसी कली पे शबनम चमक रही हो...
इक उस कली से सारी दुनिया महक रही हो...

जैसे किसी सफर में एक हमसफर वही हो .....
जैसे कि हर मरज़ का इक चारहगर वही हो....

कैसे तुम्हें बताऊं क्या चीज़ दोस्ती है...
ये नेमत-ए-खुदा है हम सब को जो मिली है...!!

-अहज़म लखनवी

परिचय

मेरा नाम अहजम सिद्दीकी है।

अहजम लखनवी मेरा तखल्लुस (पेन नेम) है

मेरा ताल्लुक हरदोई उत्तर प्रदेश से है

हम हायर एजुकेशन लखनऊ से हासिल कर रहे हैं हमने बी. टेक करा है मैकेनिकल इंजीनियरिंग में …और अब इंटीग्रल यूनिवर्सिटी से एमबीए कर रहे हैं !!

मेरी हॉबीज तो शेर गोई है, उर्दू अदब की किताबें पढ़ना है और दूसरों की मदद करना और भी बहुत चीजें हैं जिन्हें हम करना पसंद करते हैं मगर वक्त ही नहीं मिलता।

34. तमन्ना

एक बूढ़ा व्यक्ति जो अपने दोस्त के साथ बीते लम्हों को याद करके अपनी दोस्ती की कहानी को बयान कर रहा है..

तुम साथ हो मेरे अगर
तो मुझे कोई भी फिक्र नहीं
तुम्हारी मेरी दोस्ती
कृष्ण-सुदामा से कम नहीं

यार तेरे बिन दिन गुजारना तो सीख गया
पर दूरी तेरे मेरे बीच की
वो कभी मिटती नहीं

कितना अच्छा था बचपन
जब साथ खेला करते थे
बारिश की बूंदों में
अपने सपनों कि नाव चलाया करते थे
फिर कुछ यूं मोड़ आया जवानी का
एक पल को ऐसा लगा
मानो खत्म हुआ किस्सा तेरी मेरी दोस्ती की कहानी का
तुम्हें याद है, तुम्हें याद है

वो जब हमने पहली बार हाथ मिलाया था
मुश्किलों में एक दूजे का साथ निभाया था
जब तुम्हारा टिफिन मैंने
और मेरा टिफिन तुमने खाया था
कभी तुमने मुझे साईकल पे
तो कभी मैंने तुम्हें साईकल पे बिठाया था

वैसे हैं कुछ हसीन लम्हें तेरी मेरी दोस्ती के
जो मैंने बड़े संभलकर रखे हैं
अपनी एक छोटी सी यादों कि तिजोरी में
बहुत सजा के रखे हैं
कभी जो याद आती है तेरी तो
तुझे याद कर, जी भर के रो देता हूं
आंसूओं से अपना, तकिया तर कर देता हूं
दोस्त तेरी दोस्ती की मैं तारीफ क्या करूं
तेरी दोस्ती ही तो है, जो आज तक मुझमें
जीने की तमन्ना जगाए हुए है।

दोस्ती कोई सरहद नहीं देखती
ना ही कोई दीवार या जातिवाद देखती है
वो बस सामने वाले की आंख में विश्वास देखती है
मुझे आज गर्व है

की एक रिश्ता दोस्ती का भी है
जिसमे भाई भाई सा प्यार और पवित्रता भी है।

-शेखर राज

परिचय

नाम - शेखर राज़

शौक - गाने सुनना,गाने गाना,लिखना, किताबें पढ़ना

क्वालीफिकेशन - 12th , ITI first year

पता - अलीगढ़, उत्तरप्रदेश।

35. दास्तान-ए-दोस्ती

दास्तान-ए-दा◌ेस्ती में कैद है मेरे दोस्त की दोस्ती!!
यहां दिखेगी तुम्हें भरपूर हमारी दोस्ती की हस्ती!!!

मेरे दोस्त ने किया है मुझ पर बड़ा करम!!
कहते हैं दुनियां वाले है ये तेरा भरम!!!

मेरी दोस्ती का पैमाना न छलके ऐ - मेरे खुदा!!
न मुझसे जीते - जी मेरा दोस्त हा◌े कभी जुदा!!!

मेरा दोस्त है मेरी मुसीबता◌े◌ं की चाबी!!
ये बात कहती है मेरी बीबी जा◌े है उसी की भाभी!!!

मेरा दोस्त है मेरी दोस्ती पर फिदा!!
है अपनी दोस्ती का चर्चा बडा!!!

हम दा◌ेना◌े◌ं हैं सुख -दुख के साथी!!
है दा◌ेना◌े◌ं की दोस्ती मजबूत,लाठी की भाँति!!!

बस दिल की यही तम्मना मुस्कराता रहे दोस्त मेरा!!
खुशिया◌े◌ं से महके-चहके खूबसूरत आंगन तेरा!!!

दोस्ती कराे अगर तो भरपूर उसे निभाआें!!!
चाहे हाे सुख की घड़ी हाे चाहे दुख की घड़ी सदैव।
दोस्त के काम आआे!!!

-महेश

परिचय

जन्मदिन: 26 जुलाई, 1981

राष्ट्रीयता: भारतीय

जन्म: किनमासा गांव, उत्तर प्रदेश में

परिवार:पति / पत्नी: रेखा देवी

पिता: स्वर्गीय श्री सोदन सिंह

माता: शांति देवी

महेश कुमार (26/07/1981) एक युवा हिंदी कवि, लेखक और लेखक हैं। पेशेवर रूप से प्रशिक्षित प्रबंधन, महेश कुमार ने पिछले दशक में रोमांटिक और प्रेरित कविताएँ पढ़ने और लिखने में बिताए हैं, जो उनके पात्रों को जीवंत कर रही हैं!

उनकी नवीनतम कृति अमर उजाला "काव्य" "मेरे अल्फाज़" उनकी सर्वश्रेष्ठ कविता, "जिन्दगी", "स्वार्थ", "कुछ नहीं है पास मेरे ", "साख के पत्ते ", "एक पहेली", "तवायफ़", "धुआं", "ख्याल बदलते है ख्वा़ब बदलते है",""ख़्वाहिश है उड़ने की""

अतः मैं दिल्ली, भारत में रहता हूँ!

36. यादें

यादों का किस्सा खोलूं तो..
कुछ दोस्त बहुत याद आते हैं।
मैं गुजरे पल को सोचुं तो ...
कुछ दोस्त बहुत याद आते हैं।
अब जाने कौन सी नगरी में आबाद हैं ,जाकर वतन से..
मैं देर रात तक जागुं तो
कुछ दोस्त बहुत याद आते हैं।
कुछ बातें थी फूलों जैसी..
कुछ लहजे थे खुशबू जैसे
मैं शहरे चमन में ढूंढो तो,,
कुछ दोस्त बहुत याद आते हैं।
सबकी जिंदगी बदल गई
इक नए सांचे में ढ़ल गई
किसी को नौकरी से फुर्सत नहीं ..
और किसी को दोस्त की जरूरत नहीं..
सारे यार गुम हो गए ..
सारे तू से तुम और आप हो गए ..

धीरे धीरे उम्र कट जाती है.....
यादों की पुस्तक बन जाती है..
धीरे धीरे उम्र कट जाती है..
किसी की याद बहुत आती हैं।
और यादों के सहारे जिंदगी कट जाती है...

सागर के खजाने नहीं आते
जीवन में दोस्त पुराने नहीं आते
आओ जी ले इन पलों को हंस कर ऐ दोस्त
फिर लौट कर दोस्ती के जमाने नहीं आते।

-आरती श्रीवास्तव

37. दोस्ती का पासवर्ड

ऐ दोस्त हमारी दोस्ती शब्दों की मोहताज नहीं है
हमें दिल की बात लफ़्ज़ो में भी बयान करने की ज़रुरत नहीं है।

है साथ तेरा, ऐ मेरे दोस्त, तो हमें
किसी के प्यार की भी ज़रूरत नहीं है।

दिल के हर राज़ को खोल दिया हमने
बीती हुई यादों को बोल दिया हमने।

बीना कुछ बोले दोस्ती का इक़रार किया जब तुमने
ऐ दोस्त तुझे दिल से हमनवाँ बना लिया हमने।

बेशक़ तू दूर है मुझसे ऐ मेरे दोस्त
पर अपने दिल में तुझे बसा लिया है हमने।

ऐ दोस्त तू ने मुझे अपना माना
और मैंने तुझे अपना बना लिया।

तू ने मुझे अपनी ज़िंदगी का किस्सा बनाया
मैं ने तुझे खुशी और ग़म का हिस्सा बना लिया।

ऐ दोस्त, अपने हर सीक्रेट का मैने
तुझे एक पासवर्ड बना लिया।

जब से तू ने मेरे दर्द में
अपना हिस्सा बना लिया।

-अलीशा अली खान

परिचय

अलीशा अली खान एक छात्रा हैं जो कि युवा एवं नवोदित रचनाकार हैं। इनका शौक कहानी पढ़ना, गाना सुनना, लिखना और विभिन्न प्रकार के खेलों में भाग लेना है।

38. क़रार

इश्क़ ने जब कभी मुझको रुलाया है,
दोस्त ने तब तब मुझको गले से लगाया है।

मुश्किलों ने जब भी परेशाँ किया है मुझे,
दोस्त से बात करके ही मुझको क़रार आया है।

दोस्तों के बिना जिंदगी बेरंग लगती थी,
जब मिले हैं तो लगा चमन में बहार आया है।

मेरे कांधे पे रखा हाथ और बढ़ाई हिम्मत,
रात की तन्हाइयों में जब कभी दिल घबराया है।

भूल से इनको कभी खोना नहीं तू 'फैजान'
दोस्ती वह तोहफा है जो बड़ी मुश्किल से हाथ आया है।

-फैज़ान कामिल अन्सारी

परिचय

नाम फैज़ान कामिल।

रुचि (हॉबी) क्रिकेट खेलना शायरी पढ़ना सुनना।

शिक्षा बी.ए.एम.एस प्रथम वर्ष।

निवास गोपालापुर जिला जौनपुर उ.प्र.

39. गहरा असर

दोस्ती मौसम नहीं, अपनी मुद्दत पूरी करें और रुखसत हो जाए ।।

दोस्ती सावन नहीं, टूट के बरसे और थम जाए ।।

दोस्ती आग नहीं, सुलगे भड़के और राख हो जाए।।

दोस्ती आफताब नहीं, चमके और डूब जाए।।

दोस्ती फूल नहीं, खिले और मुरझाए

दोस्ती तो सांस है, जो चले तो सब ठिक जो टूट जाए तो कुछ भी नहीं ।।

दोस्ती वो नहीं होती जो जान देती है।।

दोस्ती वो नहीं होती जो मुस्कान देती है।।

असली दोस्ती तो हो होती है जो पानी में गिरे आंसू भी पहचान लेती है।।

दोस्ती कहो तो एक लफ्ज़

मांगो तो बंदगी

सोचो तो गहरा असर

हो तो जिंदगी

करो तो आसान

निभाओ तो मुश्किल
बिखरे तो सारा जमाना
सिमटे तो सिर्फ तुम

अपनी जिंदगी में ऐसे दोस्त को शामिल करो जो आईना और साया बनकर आपके साथ रहे क्योंकि आईना झूठ नहीं बोलता और साया साथ नहीं छोड़ता
दोस्त को दौलत की निगाह से मत देखो
वफा करने वाले दोस्त अक्सर गरीब होते हैं।

-आयत फ़ारूक़ी

40. दोस्त क्या है?

दोस्त वो है जो थाम के रखता है हाथ।
परवाह नहीं उसको कौन है तुम्हारे साथ।।
उसकी आंखों में चमक दिखती है , जब होता है तुम्हारे साथ।।
वक्त गुजर जाता है जब करते हैं उनसे बात ।।
दोस्त वह है जो सामने आ जाए खुद बयां हो जाते हैं दिल के हालात ।।
कुछ सोचना नहीं पड़ता जब होती है उनसे बात।।
दोस्त वो है जो बिन कहे समझ लेता है हर बात ।।
बस हम छिपा नहीं सकते उससे कोई ज्जबात कर देता है हैरान तब और भी।।
उदास मरहलों में बन जाता है ढाल।।
अपने सारे दर्द गम भुला कर साथ आता है।। सारी रात हसाता है।।
उसे कुछ भी नहीं चाहिए बस कुछ पल तुम्हारे साथ का है ।।
दोस्त वह है जिससे दोस्ती निभानी नहीं पड़ती ।।
जिससे कोई भी बात समझानी नहीं पड़ती ।।

रूठ भी जाए तो भी नहीं करता नजरअंदाज।।
इसलिए यह रिश्ता होता सबसे खास।।
कभी माँ की तरह समझाता है।।
तो कभी पिता की तरह डांतटा है।।
कभी-कभी बहन बनकर सताता है ।
तो कभी भाई की तरह रुलाता है
कभी आफताब बनकर हौसला बढ़ाता है
हमें गम और खुशी से परे ले जाता है।।
जिसके पास है ऐसा दोस्त।।
वही मुकम्मल है इस जहां की।

-अननोन

41. अधिकार

दोस्तों को परेशान करना।
हमारा जन्मसिद्ध अधिकार है।
ये हक हमसे कोई नहीं छीन सकता।
दोस्तों के अजीबोगरीब नाम रखना।
ये हमारा जन्मसिद्ध अधिकार है।
दोस्तों के लिए हमेशा हाजिर रहना।
ये हमारा जन्मसिद्ध अधिकार है।
दोस्तों के लिए किसी से भी लड़ जाना।
ये हमारा जन्मसिद्ध अधिकार है।
हम दोस्त को कुछ भी कह सकते
अगर किसी और ने कुछ कहा
तो हम उसका मुँह भी फोड़ सकते हैं
ये हमारा जन्मसिद्ध अधिकार है।
दोस्त की में शादी नागिन डांस करना
ये हमारा जन्मसिद्ध अधिकार है।

दोस्त के लिए अपनी जान देने की कसम खाना
ये हमारा जन्मसिद्ध अधिकार है।

-अभिषेक आगरावासी

42. शख़्सियत

एक शख़्सियत ने हर ग़म में था हँसाया,
दुख जब उसका आया दिल ने हमें भी आँखों से खूब था रूलाया।

उसकी बेमिसाल बातों ने हमें हरपल था सराह,
सुनकर उसकी बातों को हर दिल जैसे भर आया।

मासूम था वो दिलदार और शरारती भी,
उसकी हर अदा ने मुझे, जैसे था दिवाना बनाया।

वफा-ओ-मुहब्बत, गुलज़ार-ए- ज़िंदगी का माअना,
जिसने मुझे बेहद ख़ूबसूरती से था समझाया।

दाद, दुआऐं और इश्क़ का हक़दार उसने खुद को बनाया,
अंदाज़े-बयान है ये उसी मेरे मुहिफ़िज़ दोस्त की जिसकी क़ाबिलियत ने हमसे ये सब है लिखवाया।

-पठान मसर्रत जहाँ अशफाक़ खान

43. रिश्ता दोस्ती का

वक़्त गजुरा पर कुछ ठहरा रहा..
वो रिश्ता दोस्ती का...
सब छिछला सा, मगर कुछ गहरा था..
वो रिश्ता दोस्ती का...
सब कुछ बिखरनेपर भी जो जड़ा रहा..
वो रिश्ता दोस्ती का...
पूरी दुनिया जीत कर, उससे हार जाना..
"जीत' मेरी...
जेब में एक न हो तब भी, 'सौ' लूटा दूँ..
ये "चाह" मेरी...
वक़्त गजुरा पर कुछ ठहरा रहा..
रिश्ता तरेा-मेरा, ये "वजदू" दोस्ती का..

-राहुल

44. दोस्ती

वो जो बिना संबंध एक सूत्र में पिरोए रखता है
निस्वार्थ जो एक दूसरे को जोड़े रखता है
मुश्किल वक्त में भी जो साथ खड़े रहने की हिम्मत देता है
अमीरी-गरीबी और जाति-धर्म से ऊपर उठकर जो रिश्ता जन्म लेता है
वही तो दोस्ती है !!

जहां विश्वास वहां है यारी
धोखे की तो दुनिया है सारी
जो समय पर जां निसार भी करदे
उसी का नाम है यारी

हां ये वो रिश्ता है जो विश्वास से पनपता है
क्यूंकि!!
जहां विश्वास है वहीं दोस्ती है
विश्वासघात पे ये आत्मा बड़ा कोसती है

ये रिश्ता है पक्के वादों का
संचय है मीठी यादों का

ये रिश्ता है सुसंगति के आचरण का
ये रिश्ता है कुसंगती से विचरण का
ये साथ है मझधार में पतवारों सा
ये खयाल है सावन की फुहारों सा

मुश्किलों में भी जो हर घड़ी साथ दे
गमों में भी जो प्यारी सी मुस्कान दे
वही तो है दोस्ती!!

-हिमांशु कुमार (दिलबर)

परिचय

नाम :- हिमांशु कुमार

Pen name :- दिलबर

Qualification :- स्नातक छात् र (P.C.M.)

पता :- अलीगढ़ उत्तर प्रदेश (नज़दीक ए. एम. यू. कैंपस)

Hobbies :- लिखना, किताबें पढ़ना, संगीत सुनना, क्रिकेट... और हमेशा कुछ नया सीखने की ललक।

45. अनकही

दोस्ती की कुछ अनकही बातें
मैं तुझसे सीखूँ , तू मुझसे सीखे
और बढ़ चले ये दोस्ती का दौर
न तू ऊपर हो और न मैं नीचे
ऐसा तो होता नहीं है रोज़
तो क्या फ़ायदा इन कड़वाहटों का
जो यूँही मन में भर जाती हैं
दोस्ती में होती
ये छोटी-मोटी मीठी सी लड़ाइयाँ
हमे और करीब ले आती हैं
आरज़ू तो बस इतनी है
तू भी सीखे और मैं भी सीखूं
कभी तू जीते तो कभी मैं जीतूँ
और चलता रहे ये सीखने सिखाने का दौर
क्योंकि सीखना बंद तो जीतना बंद।

-रूचिता ओमर

46. सागर

जो मिले कोई अपना सा इस जहाँ में अगर
दोस्ती जियो तो एक बूँद निभाओ तो सागर ,
दोस्त साथ दे तो जिंदगी
जो छोड़ जाए वो सबक़ ,

कुछ दोस्त मेरे रकीब हुए
कुछ मेरे बहोत करीब हुए ,
जिन्होने मुश्किल मे साथ दिया
ऐसे दोस्त बहोत कम नसीब हुए ,

इस जहाँ में चेहरे पर कई चेहरे हैं
कुछ लोगों के चेहरे पर राज़ गहरे हैं ,
जो हो कोई शख्स दोस्ती निभाने में
ऐसा नहीं मिलता कोई दोस्त अब इस ज़माने में।।

-डाॅ. गज़ाला समरीन

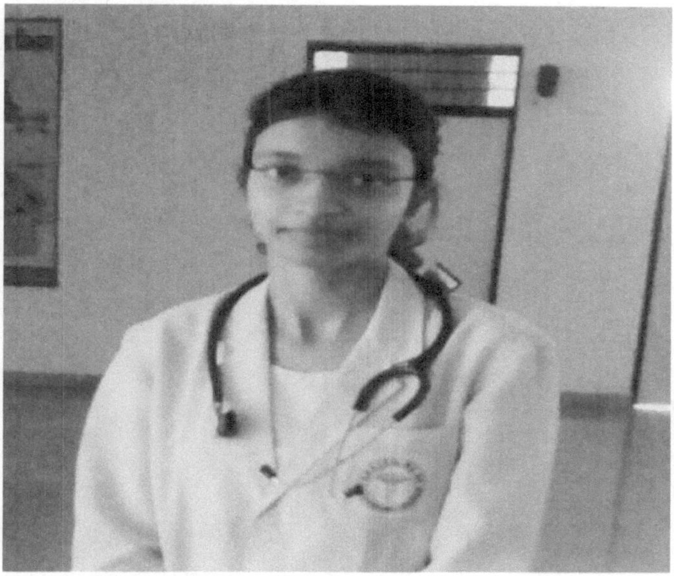

परिचय

नाम डा. ग़ज़ाला समरीन

हॉबीज़ - क्राफ्टिंग,नये व्यंजनों का प्रयोग,शायरी करना

क्वालीफिकेशन - वर्तमान में मेडिकल ग्रेजुएशन

पोस्ट - मेडिकल स्टूडेंट

ऐड्रेस - सरामुल्लागंज सान्डी, हरदोई।

47. पुकार

तेरी दोस्ती की वह आहट,
जगा जाती है दिल में चाहत,
जो तू मिले तो मिल जाए राहत
तेरे साथ की है जुस्तजू,
कि मिल जाए मुझे वह समां
मिल जाए मुझे बचपन,हों पुरानी यादें रवां दवां

वह हवाओं में तेरी आहट का लम्स,
पुकार के कहता है आसमां में शम्स
पुकारती हैं ये फ़ज़ायें,कुछ बिछड़े हुओं को मिलायें
कुछ पुरानी यादों को सँवारें,
पुराने रिश्तों को फ़िर से निखारें
क्या पता अब हो न कल,
चल मेरे यार के पास चल।

-डॉ. काशिफ सुल्तान

परिचय

नाम डा. काशिफ सुल्तान

हॉबीज़ - नातख्वानी, चित्रकारी, शायरी करना, गाना

क्वालीफिकेशन - अलीगढ़ मुस्लिम यूनिवर्सिटी से रसायन विज्ञान में आनर्स

पोस्ट -वर्तमान में मेडिकल स्टूडेंट

ऐड्रेस - सरामुल्लागंज सान्डी,जिला हरदोई।

48. फूल वफा के

जहां में किस कदर नग़मे सुनाती है दोस्ती।
कि रूठे दिलों को पल में मनाती है दोस्ती।।

दे जाते हैं सब दग़ा जब कांटे भरी राहों में।
फूल वफ़ा के,क़दमों में बिछाती है दोस्ती।।

ज़माना मुझे जब भी नज़रों से गिराता है।
तो पलकों पे मुझे अपने बिठाती है दोस्ती।।

नाचीज़ मुझे कहकर बुलाता है ये ज़माना।
हाँ! दरजात मेरे फिर भी बढ़ाती है दोस्ती।।

मँझधार में फंस जाऊँ ये ग़म नहीं है मुझको।
अब कश्ती मेरी साहिल से लगाती है दोस्ती।।

हालात से मैं अपने जब हार सा जाता हूँ।
तो हिम्मत मेरी बढ़ाकर जिताती है दोस्ती।।

ठोकर मुझे देता है जब अपनों का भरोसा।
लपक कर मुझे सीने से लगाती है दोस्ती।।

याद है अभी तक बचपन का वो ज़माना।
उस दौर में मुझे फिर से बुलाती है दोस्ती।।

चारों तरफ जहां में छाए हैं ग़म के बादल।
खुशियों की चाँदनी में नहाती है दोस्ती।।

मज़हब के नाम पर लड़ते हैं चन्द जाहिल।
बस फासले दिलों के मिटाती है दोस्ती।।

झूठा है इश्क़ हम जो करते हैं इस जहां से।
मअ़ने हैं क्या वफ़ा के, बताती है दोस्ती।।

हिन्दू हो, सिक्ख हो, चाहे हो तुम मुसलमां।
असमत वतन की रअ़फे बचाती है दोस्ती।।

-अदनान राफेअ़

परिचय

नाम= मोहम्मद अदनान बरकाती(लक़ब अदनान रफेअ़)

निवास= उरई, जिला जालौन

योग्यता = बी०एस०सी० मैथ्स (बुन्देलखण्ड यूनिवर्सिटी झांसी)

शौक=क्रिकेट, शायरी लिखना, किताबें पढ़ना,गायकी।

49. दोस्ती ज़िंदाबाद

दोस्ती बड़ी चीज़ है ,
वो मिल गए है साथ,
वक़्त क्या,
मौसम है क्या ,
क्या है ,
दिन और रात ,

वो मिल गए तो,
भूल गए सारे अपने ग़म
मेरे दोस्त तुम अनमोल थे ,
अनमोल हो ,हर दम

भूला नहीं मैं तेरी ,
मुहब्बतें और साथ को ,
दिल के क़रीब रहते हैं ,
तेरे अहसास को

जहां भी रहो खुश रहो ,
यादों में यहां हो,

रौशन हो,

बिल्कुल साफ़ ,

जैसे कल की बात हो ।

-शफ़क़त आज़ाद

परिचय

Targeting assignments in General Administration | Business Operations | Business Development with an organization of high repute

Profile Snapshot

A result-oriented professional with **nearly 25 years** of rich experience including 5 years of international experience in Riyadh, Kingdom of Saudi Arabia; expertise in General Administration, Facilities Management, Vendor Management and Cash & Bank

Working

From may 2018 to May 2019 :

Frontline Pharma Company

As Warehouse Manager .

Key result areas :

Warehouse Administration

Master of Commerce from Ranchi University, Jharkhand in 1989

Bachelor of Commerce from Ranchi University Jharkhand in 1986

Sound knowledge of MS Office and Internet Applications

Personal Details

Date of Birth: 26th January 1965

Languages Known: English, Hindi, Urdu and Arabic ,

Poet and Writer in Hindi, English.

Address: Ittina Neela Apartments, Sampige Nagar, Bangalore

50. दोस्त हजारों बनाए जाएंगे

दोस्त हजारों बनाए जाएंगे।।
कुछ जेहन में रहेंगे, कुछ भुलाए जाएंगे।।

रंग में रंग गये कुछ,कुछ को रंग दिया तुमने।।
ऐ दोस्त ये किस्सा ना भूलाए जाएंगे

दोस्त हजारों बनाए जाएंगे।।
कुछ जेहन में रहेंगे, कुछ भुलाए जाएंगे।।

मगर दिलकशी में दिलजू जो खुदा से रहे
यकीनन परखचे तुम्हारे उड़ाए जाएंगे।।

ना बे-मिस्ल तुम्हारा हिसाब ही होगा।।
ना ही हासिल तुम्हारे बताए जाएंगे।।

दोस्त हजारों बनाए जाएंगे।।
कुछ जहेन में रहेंगे, कुछ भुलाए जाएंगे।।

खुद को समझो थोड़ा, और बातें करो।।
अगर अंजा रहे सब सताए जाएंगे।।

नही बुरी ये सियाह, या तनहा सौगातें ।।।
दोस्ताना खुद से रखो , नही किस्से तुम्हारे भुलाए जाएंगे

दोस्त हजारों बनाए जाएंगे।।
कुछ जेहन में रहेंगे, कुछ भुलाए जाएंगे।।

-वीरा ग्रोवर

परिचय

Veera Grover

Hobbies- writing poem, songs, stories, reading books, dancing, singing, traveling, learning new things..

Qualification - student of grade 12th (commerce)

Add. - bdarpur, new Delhi.

Sifar (shunya"0")hu, aapse hu, Aapko seekhti hu...

51. आज भी

मेरे दोस्त मुझे तुमसे, मोहब्बत है आज भी !
तेरी दोस्ती की मुझको, ज़रूरत है आज भी !!
दो इंसानों के बीच का, एक बे-ग़रज़ रिश्ता !
इस रिश्ते में ज़माने की, अक़ीदत है आज भी !!
जहाँ घट रही हैं ख़ून के, रिश्तों की क़ीमतें !
उसी दुनिया में दोस्ती की, क़ीमत है आज भी !!
मेरे हम-नफ़स माना कि, ख़ुदग़र्ज़ी का दौर है !
ये दोस्ती बची है जहाँ, उल्फ़त है आज भी !!
यही रिश्ता है उस ख़ुदा का, महबूब-ए-ख़ुदा से !
दर-हक़ीक़त ये दोस्ती, इबादत है आज भी !!
रहे ग़ुर्बत में भी 'परवेज़', सलामत ये दोस्ती !
मेरे लिए ये सबसे बड़ी, दौलत है आज भी !!

-आलम-ए-ग़ज़ल परवेज़ अहमद

परिचय

नाम - आलम-ए-ग़ज़ल परवेज़ अहमद

शौक़ - शायरी और बाग़बानी

शिक्षा - बी. कॉम. (इलाहाबाद विश्वविद्यालय)

काम - व्यापार

पता - बेतिया,पश्चिमी चम्पारण (बिहार)

52. नाराज़गी

शब्दों ने कविताओं का संग छोड़ा
दोस्त था जिसने शहर छोड़ा
बिखरे टुकड़े कागज़ों के
हवाओं ने यादों को कुछ इस कदर छोड़ा
तन्हाइयों का कारोबार जोरों पर था
मेरी कलम ने भी इठला कर स्याही कुछ यूँ छोड़ा
नाराजगी आज रूठी है
आँसुओं ने आँखों का घर छोड़ा
राते पीटती हैं बेचैनियों को
आखिर ख्वाहिशों ने भी दम तोड़ा
क्या करोगे ज़नाब मलहम का
ज़ख्म कुरेद तुमने इस शहर छोड़ा।

-स्तुति चौधरी

परिचय

नाम - स्तुति चौधरी

जन्म दिनांक - १६ नवंबर

पढ़ाई - ग्रेजयूेट biotechnology से Working as senior content manager at Chand ka tukda (CKT)

हौबिज़ - लिखना , पढ़ना , पेंटिग

मूल स्थान - ग्वालियर

53. ज़िंदगी

कभी हँसते हैं साथ में, कभी साथ रोया करते हैं,
एक दूजे के लिए तूफानों का साहिल हुआ करते हैं|
अपने दोस्त का साथ देने के लिए हमेशा आगे रहा करते हैं,
शायद दोस्ती इसी को ही कहा करते हैं||

लड़ते भी हैं, रूठ भी जाया करते हैं,
पर एक दूसरे की ज़िन्दगी रहा करते हैं|
हर उलझन को भले ही सुलझा ना पाते हो, पर
इन दोस्तों की गुफ्तगूं में अक्सर उलझनों को ही भूल जाया करते हैं,
शायद दोस्ती इसी को ही कहा करते हैं||

अहमकाना बातें वो करते हैं,
माकूफ उल फ़ितरत सी हरकतों से हमें फँसाया करते हैं|
चेहरे की ख़ुशी के पीछे नम आँखों को भी पहचान जाया करते हैं,
शायद दोस्ती इसी को ही कहा करते हैं||

ज़िन्दगी की कश्मकश में फरियाद हमारी वो बन जाया करते हैं,
बन कर एक ज़रिया हर कशीदा राह को सहल वो कर जाया करते हैं|
कभी कभी हो जाती हैं ज़मीनी दूरियां भी, पर
दिलों में फ़ासले कायम नहीं किया करते हैं,
शायद दोस्ती इसी को ही कहा करते हैं||

मुख़्तलिफ़ से सबके इन्तिखाम हुआ करते हैं,
खाने की रकाबी पर सब एक साथ टूट जाया करते हैं|
सूरज की रोशनी से चाँद की चांदनी होने तक, हर
फासले को हम कदम बन कर निभाते हैं,
शायद दोस्ती इसी को ही कहा करते हैं||

-रुबीना अली भाटी

परिचय

नाम: रुबीना अली भाटी

रुचियां: कविताएं लिखना, किताबें पढ़ना, संगीत सुनना, पेंटिंग करना, खाना बनाना।

योग्यता: M.Sc. Biotechnology

पता: वायुसेना नगर, नागपुर, महाराष्ट्र।

54. कोई नहीं (दास्तान-ए-दोस्ती)

मैं जो गिर जाऊँ तो मुझे उठाने वाला कोई नहीं हैं ।
मेरी कामयाबी पर झूम कर नाचने वाला कोई नहीं हैं ।।

जहाँ पहले यारों ये जगमगाता रहता था आशियाना मेरा ।
आज उसी आशियाने को जगमगाने वाला कोई नहीं हैं ।।

कभी आँसू तक न छलक पाती थी आँखियों से मेरे ।
आज रोने पर चुप करवाने वाला कोई नहीं हैं ।।

मुश्किलों का रुख बदल जाता था कभी मुझसे टकराने से पहले ।
अब मुझे उन मुश्किलों से निकालने वाला कोई नहीं हैं ।।

कोई अगर एक शब्द भी कह दे तो उसका मुँह तोड़ दिया करते थे वो यार मेरे।
आज जो ज़माना सताता हैं तो मुझे संभालने वाला कोई नहीं हैं ।।

कभी माथे पर शिकन नहीं आ पाती थी ।
आज जो लकीरें बिखर गई हैं तो उन्हें ठीक करने वाला कोई
नहीं हैं ।।

Party की जब बात थी आती वो यार जेब ख़ाली हैं कह
दिया करते थे ।
आज जेब भरी तो उसे ख़ाली करने वाला कोई नहीं हैं।।

दीया कभी उम्मीद का बुझता नहीं था।
आज नाउम्मीदी में कोई साथ आशा की एक किरण बनने
वाला नहीं हैं ।।

कभी यारों के दयार में जीया करते थे हम ।
आज लाश को उठाने वाला कोई नहीं है ।

- जानेसार

परिचय

नाम - जानेसार

शौक- शायरी , कविता लिखना, ऐक्टिंग।

Qualifications - 10th Class Student, Motivational Speaker

पता- ओखला जामिया नई दिल्ली

55. ज़माना देखेगा

सुन ले मेरे यार , ज़माना देखेगा
गुस्सा है बेकार , ज़माना देखेगा।

लफ़्फ़ाज़ी का नाम नहीं अपनी यारी
देंगे जब ईसार , ज़माना देखेगा।

ग़फ़लत में हैं आज भले ही हम यारों
जब होंगे बेदार , ज़माना देखेगा।

लग जाएगी नाव ठिकाने अपनी भी
होगा बेड़ा पार , ज़माना देखेगा।

एक दिन नफरत तोड़ ही देगी अपना दम
जीतेगा जब प्यार , ज़माना देखेगा।

-ज़ुबैर खान

परिचय

नाम - ज़ुबैर अख़्तर खान

हॉबीज़ - ग़ज़ल गोई, उर्दू अदब से वाबस्ता चीज़ें पढ़ना, और क्रिकेट

क्वालीफिकेशन - बी.एस.सी. (फिज़िक्स)

पोस्ट - सॉफ्टवेयर इंजीनियर

ऐड्रेस - अंधेरी ईस्ट, मुंबई

56. बचपन के दिन

मैं हूँ अतहर अली मैं हूँ अतहर अली
याद आती है मुझको वो बचपन की गली ।

मैं वो बचपन के दिन याद करता हूँ जब
याद आते हैं मुझको मेरे दोस्त सब
याद आते हैं फूल, चमन और कली।

मैं हूँ अतहर अली मैं हूँ अतहर अली
याद आती है मुझको वो बचपन की गली।

वो सुहाने से दिन और टेंशन के बिन
वो बाइक से चलना और करके रे इन
और मेरे साथ-साथ थी ये दुनिया चली।

मैं हूँ अतहर अली मैं हूँ अतहर अली
याद आती है मुझको वो बचपन की गली।

ज़िंदगी ले आई है अब मुझको कहाँ
मैं रहूंगा रे कैसे तेरे बिन यहाँ
अब मैं मुरझा गया और वो खिलती कली।

मैं हूँ अतहर अली मैं हूँ अतहर अली
याद आती है मुझको वो बचपन की गली।

-डॉ. मोहम्मद अतहर

परिचय

नाम-मोहम्मद अतहर

ग्राम-औरंगाबाद

शौक़-क्रिकेट,संगीत सुनना

पद-डॉक्टर

57. अनमोल बंधन

दोस्ती एक प्यारा पल है
जिसमें मीठे से कल हैं
और आज की खुशियां
प्यारी सी नादानी है और प्यार भी
दोस्ती में ताकत भी है, और सहारा भी
इसमें न कोई हार है, न कोई जीत
वो अनमोल बंधन है जो रोते हुए को भी हंसा दे।
टूटने लगे हौसला तो हौसला बढ़ा दे।
दोस्त को देखते ही चेहरे पे मुस्कान छा जाए।
प्यारा नाता जिसे जो चाहे उसे निभाये
ये समंदर है जो सबके पास है
दोस्ती एक खूबसूरत एहसास है।

-माधुरी पाटिल

परिचय

नाम: माधुरी पाटिल

रुचियां: क्राफ्टिंग,पेंटिंग ,कविताएं लिखना

योग्यता: BE

पता:LBS Marg, Kanjur Marg (West) Mumbai.

58. यारी

एक शब्द 'यारी' है,
बस वफादारी इसमे ही जारी है।
जब सभी रिश्ते पीठ दिखाते,
तब ये साथ निभाते।
न रिश्ता खून का न रिश्ता मतलब का,
फिर भी हर गम मे ये ढ़ाल बन जाते।
आपस मे चाहे कितनी भी हो तकरार,
लेकिन दुश्मन के सामने कभी न मानते ये हार।
चाहे तुम गलत हो या सही,
उससे इन्हें कोई फर्क पड़ता ही नहीं।
चाहे जैसी भी हो स्थिति,
इनको नही घबराना है।
ये एक ऐसा रिश्ता है इस जहाँ में,
जिसमे बिना किसी स्वार्थ के साथ निभाना है।

-कुशाग्र गुप्ता

परिचय

Name: कुशाग्र गुप्ता

Hobby: लेखक

Qualification: ग्रेजुएट

Address: लखीमपुर खीरी उत्तर प्रदेश।

59. इंतज़ार

कैसा हाल होगा दोस्त
जिस जगह तुम होंगे
यहां सिर्फ यादें हैं
अच्छी बातों की व गलतियों की।
ये बच्ची रोती है
तेरे इंतज़ार में
मगर मुश्किल है
दूसरे जहान से मुड़ना।
यही दिन थे
उदासी के
तेरे चले जाने के
एक पल का शॉक था
इसी बारिश में
घर की बिजली का
अब है थोड़ी दोस्ती का।

-धर्मू टोंक वाला

परिचय

Name - धर्मू टोंक वाला

My Hobby - Write poetry

Qu. - polytechnic diploma

Post - Student

Add .- गांव - अनवर पुरा, जिला - टोंक, राज्य - राजस्थान , भारत।

60. क्या फायदा

तुझे मेरी जिंगदी में आए एक साल हुआ है,
आज पहिली बार मेरी दोस्ती में ऐसा बवाल हुआ है।
हद से ज़ादा यूँ किसी पर शक नहीं करते,
जो बात हो दिल मे कह देनी चहिये,
यूँही नहीं अकेले मे आहें भरते..
दोस्ती किसी की पर करो शक
यह कहाँ का कायदा है,
नहीं निभा सकते तो छोड़ दो यही पर,
जासूसी करना यार की,
इसका क्या फ़ायदा है..??

-जस्स

परिचय

I am Jass from Delhi i started writting as hobby n here i reached.......

भाग-2

1. पानी

दोस्त पानी से की तरह होता है जिंदगी के लिए बेहद जरूरी उसके बिना जिंदगी का तसव्वुर ही नामुमकीन है वह हमारे जिंदगी के हर लम्हे में हमें सुकुन देना चाहता है।
हमारी हर प्यास बुझाना चाहता है हमे आजाद बहने को कहता है दोस्त का कोई रंग कोई शेप कोई साइज कोई जगह कोई घर नहीं होता मगर जिंदगी के लिए बेहद अहम और जरूरी से भी ज़्यादा ज़रूरी होता है।

हमारी ज़िंदगी में दोस्त कभी बारिश बन कर बरसता है, कभी शबनम बनकर हम पर नजाकत से रहता है, तभी बुंद बनकर प्यास मिटाता है, कभी गुस्से मे बर्फ बन कर सर्द हो जाता है, कभी भाप बंद कर जिंदगी के पन्नों से गायब हो जाता है कभी समंदर बनकर जरा सा उड़ता है कभी खामोश और शांत होता है कभी अपने मौजों में बहता है तो कभी हर एक चीज से दब जाता है
मतलब की दोस्ती की हर खूबियां पानी की खूबियां से मिलती-जुलती हैं।

जिस तरह से पानी का कोई अपना शेप नहीं होता वह जिस कंटेनर में या जिस बरतन में रहता है उसी का शेप अपना लेता है। दोस्त आसु बन के जिंदगी में साथ रहता है जब तक वह रहता है कभी रोना नही पड़ता।।

दोस्त पानी की तरह नर्म होता है जैसै चाहो वैसा कर दो मगर वक्त आने पर यही पानी बड़े बड़े चट्टानो को रेज़ा-रेज़ा कर देता है।।हमारा दोस्त बिल्कुल साफ शफ्फाफ रहता है जैसे की पानी ओर साफ पानी से हम हर काम कर सकते हैं। अगर दोस्त खराब भी हो जाए तो उसे निकालना नहीं चाहिए क्योंकि पानी चाहे कितना भी गंदा हो आग बुझाने के काम आता है।

दोस्त जब गुस्से में में होता है तो समुद्र की लहरों की मानिंद हो जाता है बहुत तेज और तूफानी अंदाज में आता है और जिंदगी के साहील से तमाम चीजें पल भर में ले कर उड़ जाता है।

दोस्त जब गुस्से में होता है तो कुछ भी नहीं सुनता नहीं दिखाई देता मगर जब शांत होता है तो हर एक चीज साफ हो जाती है पानी की तरह जब लहरों के साथ आता है तो कुछ भी नहीं दिखता मगर जब शांत होता है तो फिर उसकी

गहराइयां हम देख सकते। हमेशा हमारे लिए एक नई मिसाल विशाल शक्ति हर एक लाजवाब पंक्ति दिन के जिंदगी में खड़ा रहता है।

लेकिन पानी की सबसे अहम बात यह होती है कि ना ही आप पानी में ज़िंदगी बिता सकते हैं और ना ही अपनी जिंदगी पानी के बिना बिता सकते हैं। बिल्कुल ऐसे ही दोस्ती भी है हम बिना दोस्ती के भी नहीं रह सकते और सख्त दोस्ती में भी नहीं रह सकते क्योंकि दुनिया का हर रिश्ता जरूरी है हमारे लिए मगर दोस्ती वो रखना भी जरूरी है जैसे कि पानी .....

पानी खत्म होने वाला है और पानी कभी खत्म नहीं होगा यह बात हमने साइंस में हमेशा पढ़ी है।। बिल्कुल इसी तरह से दोस्ती का भी है इस दुनिया से दोस्ती खत्म होने वाली है मगर दोस्ती कभी खत्म नहीं हो सकती या चाहे झूठी मक्कार ईमानदार पाक नापाक दोस्ती हो।। मगर दोस्ती हर इंसान के दिल में रहती है जिस तरह से हम आज के दौर मे save water का नारा दे रहें है उसी तरह हमे सच्ची दोस्ती को बरकरार रखने के लिए कोई कदम बढाना होगा नही तो पानी हर जगह है मगर पिने लायक नही वही हाल दोस्ती का भी होगा हर जगह होगी मगर काबिले अतबार नही होगी।।

दोस्ती का खुमार निकल जाएगा,
जब इसमें से एतबार निकल जाएगा।

-वारीशा ए. फैज़ी

2. दोस्ती एक नेमत

दोस्ती अल्लाह की नेमतों में से एक बेहतरीन नेमत है।
जितना बेतकल्लुफ़ हम दोस्तों से होते हैं उतना और किसी से भी नहीं हो पाते हैं।
दोस्ती चमन के गुलाब की तरह होती है जो काँटों में रहकर भी अपने आस-पास के वातावरण महका देती है।
दोस्ती के बिना तो जीवन अधुरा-सा लगता है।
दोस्त ही हैं जो हमें ग़म में भी रोने नहीं देते हैं।
मैं तो समझता हूँ कि दोस्ती एक ऐसी दवा है जो दुनिया के किसी दुकान पर नहीं मिलती है।
दोस्ती एक ऐसा मरहम है जो किसी कम्पनी में नहीं बनता है।
दोस्त ऐसा हकीम है जो कभी साॅरी नहीं बोलता।
दोस्ती एक ऐसी दवा है जो कभी इक्सपायर नहीं होती है।
जब पूछता है कोई मुझसे दोस्ती क्या है?
मैं बोल उठता हूँ आख़िर दोस्ती क्या-क्या नहीं है।

-डॉ. मुख़्तार अहमद अन्सारी

3. रिश्ता/दोस्ती का फार्मूला

When two stranger person meet a bond form ,where AITBAR is directly proportional and TAKALLUF is decreases as much bond increase.. this bond is called *FRIENDSHIPS*...

or

दो अंजान लोग के बिजली बनने वाला एक रिश्ता जिसमें ऐतबार रिश्ते के साथ साथ बढ़ता है,और तकल्लुफ घटता है...इस रिश्ते को *दोस्ती* कहते हैं

friendship= k AITBAAR

friendship= k/ TAKALUF

FRIENDSHIP = RELATIONSHIP × AITBAR/ TAKALLUF

[where K= Relationship = pyar mohabbat & hamdardi]

[F=RA/T]

-वारीशा ए. फैज़ी

4. तीन दोस्त

ईशा, पुजा और यामीनी तीनों बहुत अच्छी दोस्त थी। आज का दिन तीनों दोस्तों के लिए बहुत तकलीफ देह था।

बचपन से साथ खेली थी एक साथ पढ़ी थी। एक दूसरे की दोस्त थी बहन थी। तीनों एक दूसरे की ढ़ाल थी जब किसी पर कोई प्रॉब्लम होती है तो वह तीनों मिलकर साल्व करती। हमेशा साथ रहती उन्हें किसी की बातों का कोई असर नहीं होता वह फकत अपनी दोस्ती में खुश और मगन रहती।

जैसे बाग में हमेशा बहार का मौसम नहीं होता उसी तरह जिंदगी के सफर में बहार के बाद पतझड़ आते ही हैं पेड़ से पत्तियां जुदा हो ही जाती है।

इसी तरह से उन तिनो के दोस्तों के लिए अब जुदाई का दिन आ गया था। उन्हें अपने पेड़ से जुदा होकर अलग-अलग बिखरना था।

ईशा को हुमैनीटीस(humanities) से पढ़ना था। पूजा को आर्ट साइंस(art science) से पढ़ना था। यामीनी को साइंस(science) से पढ़ना था।

और आज के दिन उन तीनों को विदा होना था..

उनकी राहे जुदा हो रही थी आंखों से आंसू बह रहे थे दिल दर्द में डूबा था..

उन तीनो ने एक दुसरे से वादा किया सब का वादा अलग अलग था

यामिनी ने कहा "हम किसी कीमत पर यह दोस्ती नहीं तोड़ेंगे।"

पूजा ने कहा "हर मुश्किल में एक दूसरे का साथ देंगे।"

ईशा ने कहा "हम कभी किसी को गलत काम करने नहीं देंगे उसकी गलती पर उसको मना करेंगे।"

फिर तीनों ने दिल पर पत्थर रख के सुनहरे ख्वाब देखे रोशन और चमकदार मुस्तकबिल को निगाहों में रखते हुए अपने रास्ते अलग कर लिये मगर दिल के तारों को अभी भी वैसे ही जुड़े रखा शुरुआत में हर दिन सब बातें करती, अापने रोजमर्रा के वारदात एक दूसरे को सुनाती और इंजॉय करती।

गुजरते वक्त के साथ उनका मिलना जुलना कम हो गया। वह एक दूसरे के बारे में कम खबर रख पाते थे ,कौन क्या

करता है? किसी को कुछ नहीं पता चलता था क्योंकि उनके दरमियान फासले बहुत ज्यादा हो चुके थे।

सब के रास्ते सब की मंजिल सब अलग अलग था सिर्फ एक ताल्लुक था दोस्ती का बाकी था।

फुर्सत के पलों में एक दूसरे से मिलना और बातें करना उनके दोस्ती का फर्ज था कि दोस्ती का कर्ज था उसे अच्छी तरह से निभाते थे।

तमाम मसरूफियत खत्म करते हुए हुए एक दिन ईशा ने प्लान बनाया कि चलो आज तीनों दोस्त मिलते हैं लेकिन कुछ जरूरी काम की वजह से यामीनी वहां ना आ सकी।

ईशा और पूजा ने हीं ढेर सारी बातें कि बीते दिनों को याद किया। आने वाले पल को सोचा और खूब मस्ती की। मगर बातों ही बातों में ईशा को अंदाजा हो गया की पूजा का रास्ता अलग हो चुका है, वो गलत राह पर चल रही है वह दूसरे जींस की तरफ आकर्षित हो रही है। उसके लिए यह बात बहुत तकलीफ देती क्योंकि वह नहीं चाहती थी उसकी दोस्त किसी बदनामी या गुमनामी के अधेंरे रास्ते की और जाए। जहां से वापसी के सारे रास्ते बंद हो। और बात यह भी थी कि उसे आज इतना खुशगवार मुड, इतना अच्छा दिन

खराब नहीं करना चाहती थी। जो कि बड़े दिनों बाद अपने खास दोस्त के लिए मिला हुआ था। कुछ बातें करके वह घर चली गई।

सारी रात उसे नींद नहीं आई सिर्फ यही सोचती रही किया कि पुजा ऐसा क्यों कर रही है? क्या उसे सही गलत का नहीं पता? क्या उसे अपना स्वाभिमान नहीं पता?

यही सब सोचते हुए उसके दिमाग में गुजरे दिन के कि वह पन्ने फड़फड़ाने लगे। जिसमें ईशा ने अपने दोस्तों से विदाई के वक्त वादा किया था कि "मैं कभी तुम लोगों को गलत रास्ते पर नहीं जाने दूंगी और हमेशा गलत काम से मना करूंगी" बस फिर क्या था अपने वादे की तकमिल के लिए ईशा को किसी भी हद तक जाना पड़ता तो वह जाती।

अगले दिन स्कूल से वापसी के बाद पूजा के घर गई और उससे बात करने की ठान ली उसने उसे दो लफ्जो में मना किया पूजा यह सब काम गलत है और तुम्हें नहीं करना चाहिए अपने परिवार अपने स्वाभिमान अपनी आन बान शान के लिए।

मगर पूजा को तो आशिकी का भुत सवार हुआ था उसने कोई भी बात पसंद नहीं करी। और बहुत ही बुरी तरह से

अपने दोस्त की बात काट दी और बोली "यह सब कुछ मेरे लिए बेहद जरूरी हो चुका है मै इस राह में बहुत आगे आ गई हूँ , इसलिए छोड़ कर नहीं सकती उसके लिए मुझे जो भी करना होगा छोड़ना हो मै राजी हूं।"

ईशा को उसको और समझाना बेकार लगा कि इस पर कोई बात असर नहीं करनी। ईशा ने उससे आखीरी सवाल पूछा "तुम्हें दो ऑप्शन चुस करना है दोस्ती या फिर ये रास्तें"

पुजा "मुझे अपने सही गलत का अच्छे से अंदाजा है मुझे क्या छोड़ना है मै तुमसे पहले ही बात चुकी हूँ"

ईशा ने फिर से पुछा

"क्या सचमुच मैं निकल जाऊँ तुम्हारी जिंदगी से"

पुजा ने गुस्से से कहा "कोई तुमको रोकना नही है"

बचपन की इतनी गहरी दोस्ती रेत की तरह बिखर गई जिसको जोड़ना शायद ना मूमकीन हो गया था।

यामिनी ने जब पूजा से बात की "और बता पूजा ईशा से बात हुई थी?"

पूजा ने कहा "मुझे उसके बारे में कोई बात नहीं करनी"

यामनी बहुत परेशानी से बोली "क्यों क्या हुआ तू इतनी बेरुखी से बात कर रही है?"

पूजा "उसने मुझसे दोस्ती तोड़ दिया हमेशा हमेशा के लिए"

यामीनी ने फोन काट दिया और उदास और सदमे में हो गई कि आखिर हमारी दोस्ती को किसकी नजर लग गई हमने जो वादा किया था "कभी जुदा नहीं होंगे" मगर यह क्या हो गया? यह तो अनहोनी है!

अपने वादे की की तकमील के लिए ईशा और पूजा से अलग अलग बात की और दूरियां मिटाने चाहि, मगर कुछ भी फायदा नहीं हुआ उनमें तल्ख़ियां बढ़ती गई।।

जब दरार एक बार बन जाए तो उसे भरने में कभी जिंदगी लग जाती है।

ऐसा ही वाकया इन तीनों दोस्तों के दरमियान आ गया यामिनी अपनी पूरी कोशिश करती थी आखीर कैसे यह दरार भरे मगर अफसोस हजार कोशिशों के बावजूद कुछ नहीं कर सकती थी।

पूजा को भी गुजरते वक्त के साथ साथ गलत राहों का अंजाम उसको मिलने लगा था। और वह अपनी राह बदल

चुकी थी और एक सीधी राह पर चलने लगी थी। और उसे अपनी गलतियों का एहसास हो चुका था अब पछता रही थी दिल से माफी मांग रही थी मगर शायद इसकी माफी के सारे दरवाजे बंद कर दिए थे।

यामीनी बहुत कोशिश की मगर कुछ भी नहीं हुआ एक दोस्ती बिखर गई टूट के टुकड़ों में बट गई और सारा जमाना उसकी हंसी उड़ाता था।

ईशा को अपने दोस्त की बेरुखी बदतमीजी सब कुछ याद था। वह पुजा के हजार बार माफी मांगने के बावजूद भी ईशा का दिल में वह जगह ना बना पाई।

ये दरार उन दोनों के दरिमियान में 2 साल तक रही यानी इशा और पूजा एक दूसरे से बात नहीं करती हाँ ये अलग बात थी कि दोनों का एक दूसरे को याद रखना एक दूसरे की बारे में सोचना जारी था मगर एक दूसरे से बात करना कोई रिश्ता रखना कोई ताल्लुक रखना गवारा नहीं था

कुछ दिनों बाद ईशा की मां बहुत ज्यादा बीमार हो गई उनको "ओ नेगेटिव" ब्लड की जरूरत पड़ गई जो कि शहर में बहुत मुश्किल से कुछ ही जगह मिलता था इत्तफाक से उसे नहीं मिल रहा था जैसे ही पूजा को यह खबर मिली वह

बिना कुछ सोचे समझे सिर्फ अपने वादे की तकमील अपने दोस्त की खुशी के खातीर अस्पताल आ गई क्योंकि उसका ब्लड ग्रुप भी "ओ नेगेटिव" था वह फौरन अस्पताल आई अपना खून ईशा की मां को दे दिया उनकी जिंदगी बदल दी इशा डॉक्टर से पूछा कि उस खून देने वाले का क्या नाम है? डॉक्टर ने बताया पूजा खन्ना ईशा के पैरों तले जमीन खिसक गई उसको दिन में तारे देखने लगे उसे अपने कानों पर यकीन नहीं आया उसने डॉक्टर से फिर पूछा।

डाक्टर ने कहा हाँ डोनर का नाम पूजा खन्ना है उन्होंने बताया है कि वह आपकी दोस्त हैं।

इतना सुनते ही ईशा फौरन भागते भागते कमरे में गई और पूजा को गले लगा कर रोने लगी आंसुओं के साथ साथ तमाम गिले-शिकवे शिकायत नफरत सब बह गए बची सिर्फ और सिर्फ दो दोस्तों की सच्ची मोहब्बत पूजा बोली "तुम्हें पता है ना दोस्त वही होता है मुश्किल वक्त में साथ देता है। आज मैंने अपनी दोस्ती का हक अदा किया।"

एक बार फिर से ईशा ने उसे गले लगा लिया हाँ पूजा मैं ही गलत थी तुमने तो बहुत बड़ा एहसान किया मुझपर।

पूजा उसके चपत लगाकर बोली "फ्रेंडशिप में नो सॉरी नो थैंक्यू"

यह मंज़र पूरा स्टाफ और पुरा अस्पताल देख रहा था। और हर किसी के चेहरे पर मुस्कान थी। ईशा और पूजा अपनी माँ को लेकर आने के लिए निकली तो यामीनी उनका इंतजार कर रही थी तीनों दोस्तों ने अपना वादा पूरा किया।

"गलत काम से रोका"

"मुश्किल वक्त में साथ दिया"

"तीनों दोस्तों को जुदा ना किया"

इस तरह से बिखरी हुई दोस्ती फिर से एक हो गई और दोस्ती की एक मिसाल बन गई।

तीनों दोस्तों ने गाना गाया "यह दोस्ती हम नहीं तोड़ेंगे

based on reality

-वारीशा ए. फैज़ी

5. सच्चा दोस्त वही है

दोस्ती वह बेहतरीन और खुबसुरत रिश्ता है जो खून का रिश्ता हो या ना हो मगर दिल से जुड़ा होता है। जिससे हर रोज झगड़ा होता है और रोज मना लेता है।दोस्त क्यों ना दूर चला जाए, लेकिन दोस्त के साथ बिताया हुआ हर एक पल हमारे साथ रहता है, तो ही सच्चा दोस्त होता है।

जो चीज़ हमें अपनो से सिखने को नहीं मिलती वो दोस्त सिखा देते हैं।

दोस्ती बहुत बड़ी नेमत है ये ढूंढ़ी नहीं जाती बल्कि खुदबखुद हमारे पास चली आती है।

ऐ दोस्त दोस्ती में कभी ख़ियानत मत करना जो तुम्हें अपनो से ज़्यादा अहमियत देता है, जो दोस्त तुझ पर इतना भरोसा करता है उसे कभी खोने मत देना।

जो चेहरे से खूबसूरत हो बस उसे ही दोस्त ना बनाओ बल्कि जो दिल से खूबसूरत है उसे अपना एक सच्चा और अच्छा दोस्त बनाओ।

जो दोस्त चेहरे से खूबसूरत होते हैं हो सकता है वह तुम्हें धोखा देदें लेकिन जो दिल से खूबसूरत होता है वह कभी तुम्हें धोखा नहीं दे सकता है।

जो हरपल साथ निभाये
सच्चा दोस्त वही है।
जो हो धूप में साया
सच्चा दोस्त वही है।
जो बने तिनके-सा सहारा
सच्चा दोस्त वही है।
जो बने नदी का किनारा
सच्चा दोस्त वही है।
जो ग़म का करे सफाया
सच्चा दोस्त वही है।
जिसने जीवन में खुशीयाँ लाया
सच्चा दोस्त वही है।

-नाज़िया अन्सारी

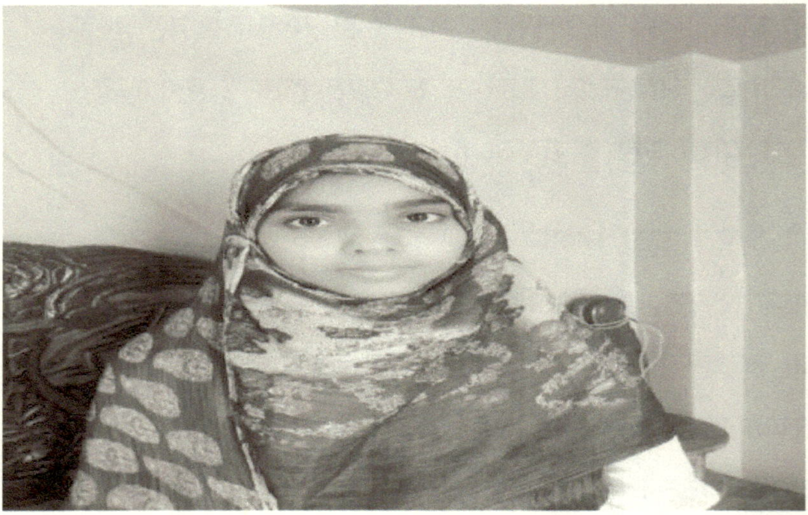

परिचय

नाज़िया अन्सारी एक युवा अनुदित रचनाकार है। इनका संबंध बनारस से है इन्होंने मदरसे से आलिमा की तालीम हासिल की है और वर्तमान में नेशनल इंटर कॉलेज में कक्षा 12 की छात्र हैं। इनका शौक किताबें पढ़ना लिखना और उर्दू शायरी है।

6. खूबसूरत रिश्ता

दोस्ती.. ये सुनने में भले ही सिर्फ़ एक अल्फ़ाज़ हो पर इसके सही माइने जिसे पता है वो ये बखूबी जानता है कि इस अल्फ़ाज़ से बहुत सारे एहसास जुड़े होते हैं।

हम जब इस दुनिया में आते हैं तो बहुत से रिश्तों के साथ हैं जैसे हमारे माँ-बाप, भाई-बहन और तमाम रिश्तेदार पर दोस्ती एक ऐसा खूबसूरत रिश्ता है जो हमारे साथ खुदबखुद किसी से बन जाता है।

हमारे दोस्त दिखने में, नेचर में भले ही अलग हो पर वो कहीं ना कहीं हमारे जैसे ही होते हैं। तभी तो हम उन्हें पसंद करते हैं।

दोस्त भले ही एक लफ़्ज़ है मगर इसमें भी प्रेम, प्यार और इश्क़ की तरह ढ़ाई अक्षर होते हैं इसलिए दोस्त सभी रिश्तों का सम्मिलित रुप होता है।

दोस्ती में इतनी ताक़त होती है कि वक़्त पड़ने पर दोस्त पापा जैसा डाँट सकते हैं, माँ जैसा ख़्याल रख सकते हैं, बहन के जैसे हमारे सारे राज़ सम्भाल कर रख सकते हैं, भाई के

जैसे हमारी फ़िक्र कर सकते हैं।

ज़िंदगी में अच्छे दोस्त मिलना किसी कामयाबी से कम नहीं है।

वो हमारे साथ चलना भी जानते हैं और वक़्त पड़ने पर हमें सहारा देना भी जानते हैं।

खुद सामने खड़े होकर हमें गालियाँ देना भी जानते हैं पर किसी और से हमारे ख़िलाफ एक अल्फ़ाज़ भी नहीं सुन पाते हैं।

दोस्तों के बगैर जिंदगी जैसे ---
गुलाब बिना काँटों के
राजमा बिना चावल के
बारिश बिना पकौड़े के
लोहार बिना हथौड़े के
दाल-चावल बिना अचार के
नेता बिना भ्रष्टाचार के
दावत बिना बिरियानी के
मछली बिना पानी के
किताब बिना कहानियाँ के

क़लम बिना सानिया के।

इन-शा◌ॅर्ट दोस्तों के बगैर ज़िंदगी में कोई मज़ा नहीं है।

-सानिया शाहिद

परिचय

सानिया शाहिद एक युवा एवं नवोदित रचनाकार है। इनका संबंध अमीनाबाद लखनऊ से है तथा वर्तमान में राजकीय होम्योपैथिक चिकित्सा महाविद्यालय एवं चिकित्सालय ग़ज़ीपुर में B.H.M.S. Second year की छात्रा हैं, इनका शौक किताबें पढ़ना, लिखना, गाना सुनना और गाना गाना है।

7. एतबार का रिश्ता

फ्रेंडशिप एक बहुत ही हसीन रिश्ता होता है दोस्ती का मतलब यह है कि वह आपकी मुश्किल घड़ियों में भी आपका साथ ना छोड़े। अगर कोई आपका बेस्ट फ्रेंड होगा तो लाइफ में वह आपको कभी भी निराश नहीं करेगा।वह आपको हमेशा मोटिवेट ही करेगा, क्योंकि ,वह हमारे जीवन को अपना जीवन मानता है । तो भला कोई अपना जीवन बर्बाद क्यों करेगा ??

जो बेस्ट फ्रेंड होगा वह कभी आपके साथ कंपटीशन नहीं करेगा । क्योंकि ,वह आपकी जीत में भी अपनी जीत समझता है ।

जो बेस्ट फ्रेंड होगा वह आपकी पर्सनल लाइफ के बारे में कभी किसी को नहीं बताता। क्योंकि ,दोस्त के बीच एक एतबार का रिश्ता होता है ।हर एक दोस्त के साथ पर्सनल बातें भी शेयर होती हैं ।लेकिन ,कभी अगर दोनों में कुछ अनबन हो गई। तो राजदार ही बना रहता है क्योंकि वो एक सच्चा दोस्त होता है ।

सच्चा दोस्त वह होता है कि जब कुछ आप गलत करने जा रहे हैं वह आपको करने नहीं देता वह नहीं चाहता कि मेरा दोस्त कोई भी गलत काम करे या किसी किसी गलत काम की वजह से बदनाम हो। उसको बहुत कुछ सुनना भी पड़ता है व्हाट्सएप के अफ़वाह से रोकता है गलत काम नहीं करने देता,

मुसलमानों में दोस्ती का मतलब है कुर्बानी करना है जहां जिस वक्त जब जरूरत पड़े तो दोस्त हाजिर हो जाता है दोस्ती के लिए

सच्चा दोस्त वही जो रोज रोज नहीं मिलता है और उसकी यादें, बातें हैं रोज दिल में रहती हैं

सच्चा दोस्त वह होता है जब कोई आपके बारे में बुरा कहता है तो उससे लड़ पड़ता है उसे उसको यह भी फिक्र नहीं होती कि आगे क्या होगा और यह भी नहीं कि लोग क्या कहेंगे कि दूसरे खातिर अपने आप को जोखिम में डाल रहा है मगर दोस्ती के नाम पर अपने आप को भी खत्म कर लेते हैं

सच्चा दोस्त वो है जो आपके लिए अपॉर्चुनिटी लाता है और आपकी फैमिली को दिल से रिस्पेक्ट करता है...

-फुज़ैल अहमद

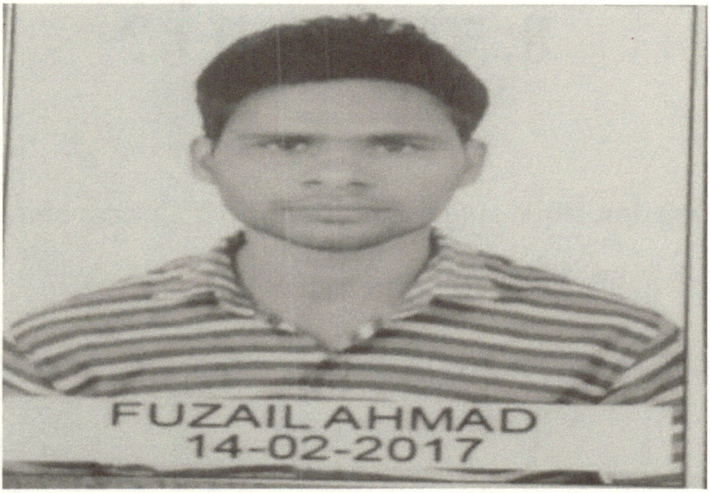

परिचय

मेरा नाम फुजैल अहमद है। मैंने अपनी स्नातक की पढ़ाई शिब्ली नेशनल पीजी कॉलेज आजमगढ़ से किया।।
इस वक्त मैं B.Ed का स्टूडेंट हूं और एक टीचर की पोस्ट पे अल गजाली एजुकेशनल एण्ड वेलफेयर सोसायटी का मेंबर हूं।। मेरा पसंदीदा काम लोगों से बातें करना है ,उनके दुख-सुख शेयर करना और छोटे बच्चों के साथ अपना वक्त गुजारना अच्छा लगता है।। कबड्डी मेरा सबसे पसंदीदा खेल है। मैं इब्राहिमपुर आजमगढ़ से तालुक रखता हूँ।

8. दोस्ती क्या है?

दोस्ती एक दर्पण /आईने की तरह होती है बिल्कुल साफ होती है वह आपसे कभी झूठ नहीं बोलती..

दोस्ती परछाई की तरह होती है वह हमेशा हमारे साथ रहती है उसे अंधेरों से कोई फर्क नहीं पड़ता..

दोस्ती एक ऐसा रिश्ता होता है इसमें आपकी प्रॉब्लम हमारी प्रॉब्लम हो जाती है आप का मसला हमारा मसला हो जाता है उसको हल करना हमारी जिम्मेदारी होती है क्योंकि दोस्ती कुर्बानी होती है

दोस्ती एक ऐसा रिश्ता है जो बिना कुछ कहे आंखों में देखकर ही सब कुछ समझ जाता है इसे लफ्जों की जरूरत नहीं होती।।

दोस्ती एक ऐसा रिश्ता है जो कभी भी आपको अकेले नहीं छोड़ती है हर मुश्किल घड़ी में आपके साथ खड़ी रहती है वह हमेशा आप को ऊंचा और मुस्कुराता हुआ देखना चाहती है

दोस्ती होती है जहां पर हम अपनी जबान भी ना कहे और दोस्त अपनी जान भी हाजिर कर दें हमारी जरूरत के लिए तो वह जो बिना कुछ कहे आप की हर तरह से मदद करने के लिए तैयार रहें वही सच्चा दोस्त होता है।

दोस्ती होती है जब दोस्त आपको लीड करेगा।आपको बुराइयों से बचाए आप को ऊंचाइयों पर ले कर जाए वही दोस्ती होती है।

यह **दोस्त** आपके इरादों को समझे आपकी सही बातों से एग्री हो और दुनिया को भी उससे एग्री करवाएं ।

दोस्ती होती है जो आपके हमकदम चले ना कभी एक कदम आगे और ना ही एक कदम पीछे।

दोस्ती हमेशा साथ साथ चलती है यही दोस्ती का पहला कदम है और आखरी मंजिल भी....!!

-राशिद कमाल

परिचय

मैं राशिद कमाल मेरे ख्वाबों का घर मेरा अपना घर इब्राहिमपुर आजमगढ़ है....
मैंने अपनी पढाई शिब्ली नेशनल पीजी कॉलेज से पुरी की।।
मैंने इंग्लिश और उर्दू से डबल m.a. किया है। पिछले 4 सालों से मैं हैवेन गार्डन इंग्लिश स्कूल बतौर एक टीचर अपनी खिदमत अजाम दे रहा हुं
मेरा पसंदीदा काम किताबें पढ़ना और दोस्त बनाना है

9. तोहफा

दोस्ती खुदा की तरफ से आता किया हुआ हसीन तोहफा है ।।

दोस्ती का कोई मतलब नहीं होता और जहां पर मतलब होता है वहां दोस्ती नहीं होती।। ख़ुशनसीब है वह शख्स जिसको दोस्त मिला हो दोस्त वो है जिससे खून का रिश्ता तो नहीं होता,, पर हम दोस्ती में इस कदर घुल-मिल जाते हैं कि दोस्त सारे ज़िंदगी का अहम अज़ु बन जाते हैं।।

दोस्ती ऐसी होती है यह दुख सुख में साथ खड़ी हो..।।

दोस्ती ऐसी होनी चाहिए जब आप ग़मगीन रहे और उदास हो तब पास आपका दोस्त हो।।।। या जब आप पर आफत आए तब आपका दोस्त आपकी ढाल बनकर आपके साथ खड़ा हो।। जब आप खुश हो तब दोस्त आपकी खुशी में शामिल हो जब आप दुखों में डूबे हुए हो तो दोस्त आपको उसमें से बाहर निकालने की कोशिश करें।। मतलब कि आप के साथ हमेशा खड़ा रहे और आपको गलत काम करने से रोके जरूर!!! दोस्ती क्या है ?? यह तो मैं शायद ना बता सकूं ,लेकिन मेरे म ुताबिक दोस्ती यह है कि बिना

मतलब की बातों पर हंसना, एक दूसरे का मजाक उड़ाना, खूब मस्ती करना, ढेरों बातें करना, एक साथ वक्त बिताना ही दोस्ती है।।। पर यह भी है वह कोई दूसरा काम करें तो उसी से लड़ जाना।।

दोस्त मुसीबत में हो तो सोचे समझे उसकी मदद के लिए तैयार होना ।।
उसके हर सुख दुख में उसके साथ खड़े होना दोस्ती का मतलब है एक दूसरे की छोटी-मोटी नापसंद चिजें दरगुजर करना और रिश्ते को बरकरार रखना।।

सच यह है कि दोस्ती जिंदगी का एक बेहतरीन तोहफा-ए-गनीमत और मिल्कियत होती हैं। ये सच है कि दोस्त है तो जिंदगी खूबसूरत और मजेदार है दोस्ती खुशियों का दूसरा नाम है
दोस्ती आम है लेकिन ऐ दोस्त,
दोस्त मिलता बड़ी मुश्किल से है

-डॉ. तबस्सुम आज़मी

परिचय

Dr.Tabassum Azmi

Hobby-Drawing

Qualification - B. U. M. S.

Post - General practitioner

Add- Kausa, Mumbra, Thane.

10. दोस्ती एक एहसास है

ये क्या है? मैं तो यह कभी नहीं बता सकती। क्योंकि, इसको बताना मेरे बस की बात नहीं है। यह वह रिश्ता है जो दुनिया की हर इंसान को मिला होता है। पर कुछ लोगों के लिए यह बहुत ज्यादा है खूबसूरत और हसीन तोहफा होता है। खुदा की जानिब से ..

दोस्ती बताऊं तो मुमकिन नहीं पर दोस्त कि कुछ खुसूसियत मैं बताती हूं..

हकीकत यह है कि दोस्त एक बहुत ही प्यारा और अच्छा इंसान होता है। यह सारी दुनिया से मुख्तलिफ होता है। दुनिया के लिए चाहे जैसा भी हो पर हमारे लिए बेहतरीन होता है।

सही माने में दोस्त एक चोर की तरह होता है जो आंखों से आंसू , चेहरे से उदासी, दिल से तन्हाई , दिल से दुख और जिंदगी से तमाम परेशानियां चुरा लेता है और उसका बस चले तो हाथों की लकीरों से मौत को निकाल सकता है।

उसके लिए हमारी खुशी बहुत ज्यादा अहेम होती है। हमसे भी बेइंतेहा और बेलौस उल्फत करता है।

लेकिन दोस्त की सबसे बड़ी निशानी यह है कि जब भी आपको गलत करते देखे तो आपको रोके गलतियों पर आपको मना करें हमेशा आपको सही रास्ता दिखाएं ना कि वह खुद गलत काम करें और ना आपको करने दे मतलब की हर तरह से पाक साफ और उम्दाहतरीन हो।

दोस्ती वह रिश्ता होता है अनजान बिना रिश्ते नाते के लोगों में जिसकी कोई लिमिट नहीं होती है कोई रुल नही होता कि हम उसे कैसे निभाए? मगर यह सबसे अच्छी तरह निभाया जाता है।
एतबार दोस्ती में रहना बहुत जरूरी होता है।।

दोस्त की और बात भी होती हैं जो हमारे दिल को छूती हैं। जिनसे हम मुतासिर होते हैं। हर एक को बता पाना मुमकिन तो नहीं, हमारे लिए क्योंकि यह बहुत ज्यादा बहुत सारी होती है सिर्फ इतना ही कहुगी
दोस्ती को कोई अपने लफ्जो में बता नहीं सकता।

-ऐज़ा नवाज़

11. सच्ची दोस्ती

म◌ेरे नज़दीक दुनिया का सबसे अहेम रिश्ता है।
इस एक रिश्ते में दुनिया के हर रिश्ते मिलते हैं।

आपका दोस्त कभी आपकी माँ का रोल अदा करता है,
ज़रूरत पड़ने पर बाप तो कभी आपका भाई कभी बहन का...

एक सच्ची दोस्ती कभी आपको उदास नहीं कर सकती, मायूस नहीं कर सकती, आपको गिरने नहीं दे सकती, रोने नहीं देती.....

ग़र्ज़ कि हर एहसास में आपको सम्भालती है...

आपका हर तरीके से ख़्याल रखती है और साथ देती है..
इतना सब कुछ एक साथ मिल जाना बहुत नसीब वालों की बात होती है।

इसलिए मेरे नज़दीक बहुत कम ही दोस्ती का रिश्ता पाया जाता है, क्योंकि दोस्ती और दोस्त की परिभाषा बहुत लम्बी है।

-श◌ायमा अज़ीज़

12. कुंडली

दिल की गहराई से दिमाग़ की ऊँचाई से सोचने समझने पर ये मालूम हुआ कि मालूम करके दोस्ती नहीं होती लेकिन हो जाने पर सब मालूम करने लग जाते हैं।

हमारे यहाँ शुभ कामों पर पण्डितों या ज्योतिषियों को ज़रूर वरीयता दी जाती है, पर मुझे याद भी नहीं पड़ता कि कहीं दोस्ती के लिए कुंडली मिलाने का प्रावधान हो।

शायद ज्ञानियों ने इसे नक्षत्रों से दूर रखा इसलिए इस दोस्ती रूपी जल को आज हर कोई दोस्ती को कभी पत्नी के रूप में, बहन के रूप में, तो कभी माँ के रूप में ढूंढ़ता है, उसे मालूम है कि दोस्त ही केवल दोष निकालकर सही बात बता सकता है।

मेरे हिसाब से उस G की तरह है जिसमें अभी तक 1,2,3,4,....... नहीं लगा, आप प्रयोग करते रहे वक्त बढ़ने पर MB आपको मिलती रहेगी।

-मुरली मनोहर वर्मा

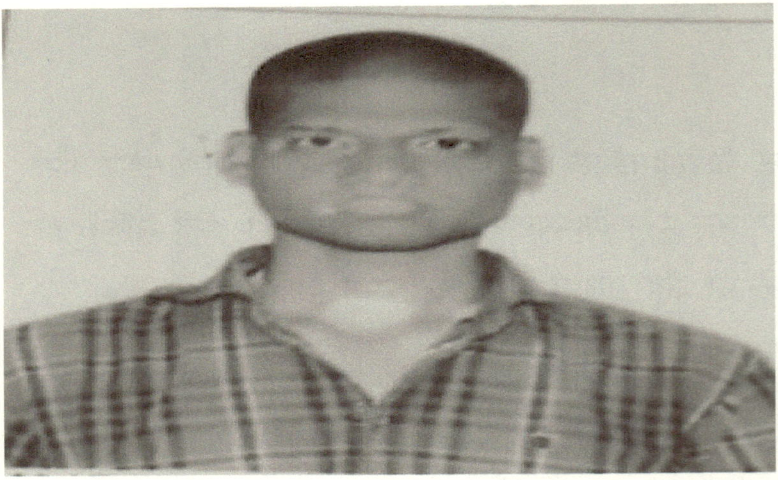

परिचय

मुरली मनोहर वर्मा एक युवा एवं नवोदित रचनाकार हैं, इनका सम्बन्ध फैज़ाबाद से है तथा वर्तमान में राजकीय होम्योपैथिक चिकित्सा महाविद्यालय एवं चिकित्सालय, ग़ाज़ीपुर में B.H.M.S अन्तिम वर्ष के छात्र हैं। इनका शौक किक्रेट खेलना है।

13. मौसमी फल

दोस्त मौसमी फल की तरह होता है अपने मौसम में मतलब कि फेवरेबल कंडीशन में आता है और जहां उसके मनपसंद हालात जाते हैं।। खुद ब खुद गायब हो जाता है।। अगर मौसम के बाद मौसमी फल मिलता भी है तो हो जाएगा और टेस्ट नहीं होता उसी तरह दोस्त भी वैसा खालीस और खुश रमग नहीं होता जब उसके मनपसंद हालात चले जाएं तो..

जरूरी बात यह है कि हमें हर मौसमी फल की विटामिन जरूरी होता है अपने आसपास मौसमी फलों को भटकने दिया करो।। हमारे करीब आते हैं बिना मतलब का नहीं आएंगे यह रित हो चुकी है दोस्तों की।।

दोस्त मतलब का दूसरा नाम होता है जब मतलब है तो हल कोई दोस्त होता है

जब हम कहीं जाते हैं तो हमारे पास दोस्तों की कितना लंबी लिस्ट बन जाती है मगर वक्त के साथ साथ सारे दोस्त गायब हो जाते हैं ।। वो लोगों उजड़े चमन के फूल होते हैं सब झर जाते हैं और कुछ नहीं बचता हकीकत यही है।

जो यह कहते हैं दोस्ती बिना मतलब की होती है शायद वह यह भूल रहे हैं कि बदलते दौर मे सब कुछ बदल चुका है।। दोस्ती के नाम पर सिर्फ आवारगी बेहुदगी बदतमीजी मतलबपन और बदकीरदारी ही बीच है कोई मुखलीसी कोई ईसार कोई हमदर्दी कोई प्यार नहीं सब मतलब की यारी है।। अब तो यह आलम हो गया है कि हर गली गली में इंसान का दोस्त मिलता है मगर कोई उसकी मदद नहीं करता उसको हसाता नहीं।। मगर हां दोस्ती का नाम पर मतलब पड़ता है सामने आ जाता है चिकनी चिकनी बातें करके उसे अपना काम निकलवा लेता है इसी गऱज वाले रिश्ते को वह दोस्ती कहता है यही जमाना है यह हकीकत है इसे कबूल करने में हर किसी की भलाई है या फिर ये कि

दोस्ती किसी एक से करो,
वो भी किसी नेक से करो

मगर ऑनलाइन दौर में यह मुमकिन नहीं है इसलिए दोस्ती भी मुमकिन नहीं है ही मौसम की तरह आएगी जाएगी अपना कोई वजूद नहीं बना पाएगी

-डॉ. नबीला अंजुम

14. शीरनी

मेरे लिए दोस्ती का रिश्ता हर एक रिश्ता से ऊपर है मेरा मानना है कि आप कोई भी रिशता बनाए कोई भी रिश्ता निभाए रिश्ते में दोस्ती जैसी शीरनी होनी चाहिए

बिन कुछ कहे समझ जाने की सलाहीयत हो
वक्त की तरह हर वक्त साथ रहना
हर मुश्किल में आवाज देना
हर परेशानियों में अपना हाथ देना
हर गलत रास्ते से रोकना

चाहे वो रिश्ता एक मां का बेटे से हो या बाप का बेटी से हो बहन का भाई से हो बहन का भाभी से, एक अजनबी का अपनों से या आपका अजनबी से हो हर रिश्ते में पागल हो गया है तो बेहतरीन खुबीयां है।।

दुसरी सबसे अहम बात यह होती है कि यह दुनिया में आते हैं तो कुछ मखसुस रिश्ते लेकर पैदा होते हैं और कुछ रिश्ता हम चुनते हैं। हमारे खून से नहीं होता मगर हमारी रूह से जुड़ा होता है।

इन्हीं रिश्तों में से एक रिश्ता दोस्ती का भी है जिसे हम अपनी मर्जी से चुनते हैं घूमते हैं ढेरों खुशियां लुटाते हैं।

इतना प्यारा अच्छा खूबसूरत रिश्ता होता है कि जिसको बयान करना या उसकी खुबिया लिख देना मेरे लफ्जों के बस की बात नहीं मेरे पास इतने लफ्ज़ ही नहीं कि मैं इसको बयान कर सकूं।

-मोब्बशेरा नाज़

परिचय

मेरा नाम मोब्बशेरा नाज़ है मेरे फादर का नाम इरशाद अहमद है

मैंने इंग्लिश में शिब्ली नेशनल पीजी कॉलेज आजमगढ़ से M. A. की पढ़ाई मुकम्मल की है। पिछले 3 सालों से मैं स्कूल में एक टीचर की नौकरी कर रही हूँ इस वक्त मैं अल ग़जाली एजुकेशनल एंड वेलफेयर सोसायटी कोआर्डिनेटर और स्प्लीन टीम मेंबर हूं।।। मुझे अपना वक्त छोटे बच्चों के

साथ बिताना बहुत अच्छा लगता है किताबें पढ़ना और गजलें सुनना है मेरा पसंदीदा काम है।

15. पहली दोस्त

वो सबसे पहली दोस्त थी मेरी जिसने मुझे चलना सिखाया
वो सबसे पहली दोस्त थी मेरी जिसने मुझे बोलना सिखाया
जब मैं होश में भी नहीं थी जब उसने मेरी हर चीज का
खयाल रखा मुझे नहलाती वो थी मुझे खाना खिलाती वो थी
धीरे धीरे होश में आयी तो पता चला वो सबसे पहली दोस्त
थी मेरी मेरी ज़िन्दगी में वो ऐसी पहली इंसान थी जिससे
मैंने अपने हर दर्द बयान किये वो पहली ऐसी इंसान थी
जिससे मैंने अपनी हर खुशी बयान किया
वो सिर्फ दोस्त से बढ़कर थी मेरे लिए मेरी ज़िन्दगी उसी से
शुरु होती और ख़तम भी उसी पर होती।।।
हर छोटी बात के लिए गुस्सा करती मगर हर बात के लिए
जल्दी मान भी जाती
कोई और नहीं मेरी मां ही सबसे पहली दोस्त थी मेरी जिससे
मेरी ज़िन्दगी शुरु होती और ख़तम भी उसी पर होती।। मेरी
हर तकलीफ में खड़ी रहती मेरी हर गलती को छुपाती कोई
और नहीं मेरी मां ही सबसे पहली दोस्त थी मेरी।

-य◌ू◌ हानी

16. ऑनलाइन वाला प्यार/दोस्ती ..

बहुत आसान है कह देना कि ऑनलाइन वाला प्यार बस टाइमपास होता है पर क्यों होता है किसी के पास इतना टाइम जो उसे ऐसे रिश्तों में गुज़ारना पड़ता उनसे..जब मुश्किल लगने लगे अकेले ये भयावह सन्नाटा...तब मन चल पड़ता है किसी ऐसे रिश्ते की ओर जिसका कोई वजूद ही नही दुनिया की नज़र में....और ढूंढ लेता है अपने मन का सुकून...कितना मुश्किल है समाज में रहते हुए कोई ऐसा रिलेशन बनाना जो समाज स्वीकार न करता हो.... उस समाज की ख़ुशी के लिए दबानी पड़ती हैं अपनी भावनाएं...नही कर सकते न हम अपनी रियल लाइफ में किसी के साथ विश्वासघात.. चलते हैं इस आभासी दुनिया में....जहाँ मिल जाता है कोई ऐसा जिसे आपकी परवाह हो...जिसे फर्क पड़ता हो आपके खुश होने या आंसू बहाने से...जहाँ सिर्फ शब्दों से महसूस कर लिया जाता है एक दूसरे की आत्मा को...जहाँ किसी के साथ दिल खोल कर हंसने का

मन कर जाये...कभी मन भारी हो तो बस कुछ शब्दों से उसके काँधे पर सर रख के रो लिया जाये....और उन्ही शब्दों में लिपटा प्यार एहसास दिलाये आपको कि आप अकेले नही हो...कोई है आपके साथ जो आपके मुस्कुराने की वजह बनना चाहता है...कोई है जो कुछ इमोजी के ज़रिये आपके और पास आने चाहता है...कोई है जिसे सोचकर आप मुस्कुरा सकते हैं बेवजह...कोई है जिसके कुछ शब्द आपकी आँखों में शर्माहट भरी मुस्कुराहट ले आते हैं ...कभी उसकी अनदेखी दुखा देती है दिल को....सिर्फ शब्दों से ही मना भी लिया जाता है....सिर्फ शब्दों का ही तो खेल है...न कभी देख सके एक दूसरे को न छू पाने की चाह....ना किसी के शरीर की लालसा...बस भावनाओं की डोर जो बांध ली जाती है बिन कहे बिन सुने बस यूँ ही अनजाने में.... और बन जाता है वो रिश्ता जिसे सभ्य समाज कभी स्वीकार नही कर सकता....बस कुछ शब्दों के जरिए ....पार्क में या होटल के रूम्स में मिलने वालों के लिए शायद ये बेवजह है बेमतलब...क्योंकि किसी को कुछ मिलना नही ...कोई फायदा नही होना..बस म हसूस करना है कि वो है हमारे पास....हर रिश्ते का अंत शादी तो नही होता.. उनसे अच्छा है ये ऑनलाइन वाला प्यार...शाश्वत रूप नज़र आता है मुझे ये

प्यार का...सिर्फ मन का रिश्ता....उतनी ही ख़ुशी मिलती है जितनी किसी के साथ असल में वक़्त गुज़ार कर मिलती है..अलग होने पर दुःख भी उतना ही होता है....टूट जाता है इंसान उतना ही जब दूसरा छोड़ कर चला जाता है...ये मन के रिश्ते नही समझ आने तन चाहने वालों को... खूबसूरत है ये ऑनलाइन वाला प्यार...अगर सही इनसान से हो तो खूबसूरत.

-Yq गुड़िया

17. दोस्ती और भाईचारा

दोस्ती पर मेरा जो नजरिया है, जो कि मैंने वक्त के साथ सीखा है। वह यह है कि दोस्त बनाना तो आसान है लेकिन दिक्कत सिर्फ उसे निभाने में आती है।

मेरे नजरिए से दोस्ती तब गहरी और मजबूत होती है जब हमारे सामने वाला हमारी आईडियोलॉजी के विपरीत होने के बावजूद वह हमसे दोस्ती कायम रखता है सिर्फ इसलिए कि हमारी 80% क्वालिटी कॉमन होती है और मेरा मानना है कि हमारे अंदर जो कॉमन क्वालिटी होती है चाहे वह हमारा ब्लड ग्रुप हो ह्यूमन बिहेवियर हो यह हमारी शारीरिक रचना हो कम से कम हमें एक अच्छा दोस्त बनने पर मजबूर करती है।

हमारा इंसान होना और अलग अलग गुणों के बावजूद हम में समानता होना हमें दोस्ती का पैगाम देती है, इसलिए मेरा नजरिया है कि दोस्त और दोस्ती एक जरूरत है हर इंसान की और लोग भूखे हैं प्यार के, भाईचारे के, दोस्ती के

इसलिए दोस्त और दोस्ती एक अहम किरदार होता है हर इंसान की जिंदगी में।

लेकिन सबसे बड़ा नेगेटिव पहलू जो मुझे लगा वह यह है कि लोग दोस्ती सिर्फ इसलिए खत्म कर देते हैं कि सामने वाला इंसान उनकी आईडियोलाॅजी को नहीं मानता है भले ही उसके अंदर बहुत सी अच्छाइयां हो लेकिन फिर भी वह दोस्ती खत्म कर देते हैं यही सबसे दुखद पहलू इस वक्त की दोस्ती में है।

दोस्ती में अब वो बात नहीं लगती है, वो इरादे, वो जज्बात अब कम नजर आते हैं, लेकिन आज भी कुछ लोग मिसाल बने हुए हैं।

आखिर में मैं बस इतना ही कहना चाहूंगा कि हमें बस सकारात्मक पहलू को देखना चाहिए अपने दोस्त के और उसके नकारात्मक पहलू को उससे धीरे-धीरे दूर करना चाहिए, एक अच्छे दोस्त को इतनी कोशिश जरूर करना चाहिए कि वह अपने दोस्त को गलत चीजों से दूर करें यह नहीं कि वह खुद उस गंदगी के दलदल में फंस जाए।

जैसा कि डॉ अल्लामा मुहम्मद इकबाल साहब कहते हैं-

अफ़राद के हाथों में है अक़वाम की तकदीर,
हर फर्द है मिल्लत के मुक़द्दर का सितारा।

-डॉ. तंज़ीम सिराज

परिचय

डॉ तंज़ीम सिराज एक युवा एवं नवोदित रचनाकार है अधिकतर सामाजिक स्थिति रिश्तों और अपने अनुभव पर लेख लिखते हैं। इनका संबंध धौरा टांडा बरेली से है। इन्होंने राजकीय होम्योपैथिक चिकित्सा महाविद्यालय एवं चिकित्सालय, ग़ाज़ीपुर से B.H.M.S. की शिक्षा प्राप्त की है इनका शौक किताबें पढ़ना लिखना स्पोर्ट्स और समाजिक सेवा करना है।

You can contact the Publisher at:

www.fanatixx.in